Giovanni V

Eva

In copertina:
Il dubbio di Giacomo Balla

www.omband.net

Eva

Eccovi una narrazione - sogno o storia poco importa - ma vera, com'è stata e come potrebbe essere, senza retorica e senza ipocrisie.

Voi ci troverete qualcosa di voi, che vi appartiene, che è frutto delle vostre passioni, e se sentite di dover chiudere il libro allorché si avvicina vostra figlia - voi che non osate scoprirvi il seno dinanzi a lei se non alla presenza di duemila spettatori e alla luce del gas, o voi che, pur lacerando i guanti nell'applaudire le ballerine, avete il buon senso di supporre che ella non scorga scintillare l'ardore dei vostri desideri nelle lenti del vostro occhialetto - tanto meglio per voi, che rispettate ancora qualche cosa.

Però non maledite l'arte che è la manifestazione dei vostri gusti. I greci innamorati ci lasciarono la statua di Venere; noi lasceremo il "cancan" litografato sugli scatolini dei fiammiferi. Non discutiamo nemmeno sulle proporzioni; l'arte allora era una civiltà, oggi è un lusso: anzi, un lusso da scioperati. La civiltà è il benessere; ed in fondo ad esso, quand'è esclusivo come oggi, non ci troverete altro, se avete il coraggio e la buona fede di seguire la logica, che il godimento materiale. In tutta la serietà di cui siamo invasi, e nell'antipatia per tutto ciò che non è positivo - mettiamo pure l'arte scioperata - non c'è infine che la tavola e la donna. Viviamo in un'atmosfera di Banche e di Imprese industriali, e la febbre dei piaceri è la esuberanza di tal vita.

Non accusate l'arte, che ha il solo torto di avere più cuore di voi, e di piangere per voi i dolori dei vostri piaceri. Non predicate la moralità, voi che ne avete soltanto per chiudere gli occhi sullo spettacolo delle miserie che create, - voi che vi meravigliate come altri possa lasciare il cuore e l'onore là dove voi non lasciate che la borsa, - voi che fate scricchiolare allegramente i vostri stivalini inverniciati dove folleggiano ebbrezze amare, o gemono dolori sconosciuti, che l'arte raccoglie e che vi getta in faccia.

Avevo incontrato due volte quella donna - non era più bella di tutte le altre, né più elegante, ma non somigliava a nessun'altra. - Nei suoi occhi c'erano sguardi affascinanti, come il coruscare di un'esistenza procellosa che era piena di attrattive. - Tutti gli abissi hanno funeste attrazioni, e quelle voragini che ingoiano la giovinezza, il cuore, l'onore, si maledicono facilmente, ahimè! quando arriva la filosofia dei capelli bianchi. - Era bionda, delicata, alquanto pallida, di quel pallore diafano che lascia scorgere le vene sulle tempie e ai lati del mento come sfumature azzurrine; aveva gli occhi cerulei, grandi, a volte limpidi, quando non saettavano uno di quegli sguardi che riempiono le notti di acri sogni; aveva un sorriso che non si poteva definire - sorriso di vergine in cui lampeggiava l'imagine di un bacio. Ecco che cosa era quella donna, quale si rivelava in un baleno, fuggendovi dinanzi nella sua carrozza come una leggiadra visione, raggiante di giovinezza, di sorriso e di beltà. - In tutta la sua presenza c'era qualcosa come una confidenza fatta al vostro orecchio con labbra tiepide e palpitanti, che vi rendeva possibile il sognare le sue carezze, e farci su mille castelli in aria. Non era soltanto una bella donna - certe altezze non attraggono appunto perché sono inaccessibili. - L'ammirazione che ella destava assumeva la forma di un desiderio; c'era nei suoi occhi qualche cosa come un sorriso e una promessa che faceva discendere la dea dal suo cocchio superbo - o piuttosto vi metteva accanto a lei, e faceva correre il vostro pensiero alle cortine della sua alcova, e ai viali più ombreggiati del suo giardino.
Si chiamava Eva, o almeno si faceva chiamare così, e quel nome era forse un epigramma. Tutti conoscevano la sua vita un po' più in là del palcoscenico della Pergola, e, forse meglio di tutti, le dame del gran mondo che parlavano di lei celandosi dietro il ventaglio. Nessuno ne sapeva più di un altro. Era l'apparizione di un astro in mezzo alla splendida società fiorentina, una febbre di giovanotto fatta donna.
L'avevo incontrata due volte, e non mi era sembrata la stessa donna, forse per le diverse disposizioni d'animo in cui mi ero trovato; e forse anche per ciò che era rimasta in me più viva e profonda l'impressione

di lei. La prima volta la vidi pel Lungarno, in un elegante legnetto, e guidava una bella pariglia di cavalli inglesi; aveva il sorriso negli occhi più che nelle labbra, ed era una cert'aria graziosa ed ardita in tutta la sua persona che vedendola faceva sorridere di piacere. Io ero triste, senza saperne il perché, forse per non avere meglio da fare, e macchinalmente la seguii cogli occhi e col pensiero - e il pensiero corse lontano verso tutte le ridenti follie del cuore. Un'altra volta la incontrai alle Cascine, in uno di quei viali che nessuno frequenta. Quel mattino il mio cuore faceva festa - domeniche gioconde dei venticinque anni che non tornano più! - Il sole splendeva, ed il sorriso brillava negli occhi di Vittorina - larva di un di quei giorni in cui si prodiga tanta parte di cuore come se non dovesse tramontare giammai - fantasma di un'ora felice che si dimentica prima ancora che sia trascorsa, - nello stesso modo che ella avrà dimenticato persino il mio nome, o lo rammenterà come io adesso mi rammento del suo, a proposito di qualche cosa che allora ci passò sotto gli occhi senza che ce ne avvedessimo. Il viale era deserto, gli uccelli cinguettavano fra gli alberi, e i rami sussurravano lieve lieve, intrecciando mollemente le loro ombre in bizzarri disegni sulla ghiaia del viale. Noi non si parlava certamente dell'ultimo fascicolo dell'Antologia. Vittorina era allegra, cantava, rideva e il riso la faceva bella. Io guardavo ed ascoltavo. Quando il nostro fiacre passò accanto ad un bellissimo legno, che stava fermo in mezzo al viale, vidi, attraverso il cristallo scintillante, una testolina bionda, come una rosea visione, incorniciata dall'imbottitura di seta della carrozza. Ella ci volse uno sguardo, un solo sguardo limpido come l'azzurro dei suoi occhi, ma disattento, anzi noncurante, uno di quegli sguardi che vi affissano in volto senza vedervi, e tornò a chinare gli occhi sul libro.

Vittorina chinò il capo e ammutolì, come se quella bionda e leggiadra visione fosse sempre lì, fra di noi, seduta sui cuscini della nostra carrozza.

La rividi anche mascherata ad un veglione della Pergola. La folla si apriva sussurrante davanti a lei, e sguardi bramosi l'accompagnavano come se indovinassero la sua bellezza soltanto a quello stivalino arcuato e a tacchi alti che si posava da padrone sul tappeto. Io l'avevo vista un momento a viso scoperto, mentre discendeva da una carrozza di cui i fanali scintillavano come due stelle, sollevando arditamente la veste sul marciapiede con quell'altera civetteria che non si cura dello sguardo indiscreto, o gli getta come una limosina l'onda vaporosa della battista e il lucido riflesso dello stivalino. La rividi in mezzo alla folla, accompagnata da un elegante trovatore che le dava il braccio, e seguita sempre da vicino o da lontano da un arlecchino, con tanta insistenza che tutti la notavano. Ella passava sorridente sotto la sua maschera - aveva un sorriso incantevole - e ogni volta che l'arlecchino l'incontrava le ripeteva la sciocca domanda solita: «Ti diverti, mascherina?» Ed essa rideva, rideva allegramente; e ridendo imporporava il basso delle sue guance, quel po' che se ne poteva vedere. Una delle volte mi trovavo fra un crocchio d'amici, e si fece largo davanti a quella regina che passava.

L'arlecchino la seguiva sempre, come un cane allampanato colla coda attaccata al ventre e l'occhio bramoso intento al tozzo di pane che indovina nella tasca del padrone; e ripeteva il suo ritornello col tono afflitto di un cane che ustoli. Allora la bella mascherina, che non ne poteva più, si strinse nelle spalle con molta grazia, e gli gettò in faccia una parola sola, voltandosi dall'altra parte:

«Noioso!»

Noi ridevamo come matti. L'arlecchino si era fermato ritto, immobile, con certi occhi che gettavano fiamme da sotto la maschera; e senza badare a quelle risa, o senza accorgersene, esclamò, obliando di contraffare la sua voce:

«Ah! è lei!»

E si allontanò.

Il veglione era animatissimo. Si vedeva anche qualche domino elegante quasi smarrito in mezzo alla folla. Fra il chiasso e la calda atmosfera s'indovinava come un fiore di serra o di salone che passava, al profumo, al fruscio particolare della veste, a certe leggiadre esitazioni, al guanto grigio che si stringeva timidamente alla manica di una giubba. Però la bella mascherina e il suo trovatore non si vedevano più; erano forse partiti. Verso le due vedemmo bensì l'arlecchino tutto solo, grullo, smarrito, volgendo di qua e di là occhiate da matto. Dava e riceveva colla stessa indifferenza spintoni da orbo. Sembrava ubbriaco fradicio. Quei giovanotti, come lo videro, scoppiarono a ridere fragorosamente, gridandogli dietro:

«Uh! Noioso!»

Egli si fermò, li guardò con quell'aria stralunata, e sorrise stupidamente.

«Sì, sono noioso» disse sotto la maschera una voce che senza sapere il perché ci fece trasalire «come le tue liriche, come i tuoi drammi storici, come i tuoi quadri di genere, come il tuo spirito di buona

compagnia, come le tue fiabe.»
Quest'ultimo complimento era diretto a me, sebbene non avessi aperto bocca, e i miei amici avevano preso ciascuno il suo con più o meno garbo, credendosi obbligati a ridere.
«Mi conosci?» gli dissi.
«Lo vedi.»
«Non c'è che dire, hai dello spirito.»
«Sì, delle volte, a tavola. vogliamo andare a tavola?»
«Ci offri da cena?» domandò il conte C***.
«No, vi offro di scommettere a chi la pagherà.»
«Benissimo! e che scommessa?»
«Scommetto che darò un bacio a quella mascherina accompagnata dal trovatore.»
«Eh!»
«Ti gira?»
«Una cena di mille lire», disse l'arlecchino senza scomporsi. Nessuno gli rispose. Lo credevamo matto.
«Sembra che le tue scommesse non ispirino gran fiducia», disse il poeta.
L'arlecchino lo guardò colla medesima calma, resa grottesca dall'aria impassibile della maschera, e rispose:
«Diamo in pegno il denaro.»
«A te?»
«No...» rispose senza dar retta al motteggio. Mi affissò un istante, e soggiunse: «Ecco le mie cinquecento lire.»
Quella preferenza mi sorprese. «Ti conosco?» gli domandai.
«Non so, ma mi hai conosciuto.»
«Dove?»
«A Catania.»
Cercai inutilmente di leggere sotto la sua maschera. Egli si levò il berretto con comica gravità e ci disse:
«Prima che finisca il veglione.»
«Ma s'è partita?» disse Arturo.
«Non è partita» rispose semplicemente l'arlecchino, e ci volse le spalle.
Egli era tutt'altro che stupido o ubbriaco; e l'imbarazzo del nostro silenzio lo confessava chiaramente.
Che cos'era dunque?

M'aggiravo a casaccio fra le maschere, ora spingendo, ora spinto,

allorché sentii tirarmi per le falde dell'abito. Era di nuovo l'arlecchino, colla stessa aria d'imbecille. Egli mi disse:
«Vuoi venire con me?»
«Dove?»
«In palco.»
«Andiamo pure», risposi, curioso di sapere chi fosse.
Egli prese il mio braccio, mi fece salire al terz'ordine, e aprì un palco. Entrando si tolse la maschera, mi guardò un attimo e mi domandò:
«Mi riconosci?»
Avevo visto un volto pallidissimo, assai magro, con gli occhi luccicanti, come per febbre, e incavernati in un'orbita accerchiata di livido, con certi baffetti biondi appena visibili, e le labbra pallide.
«No» risposi. «Non ti riconosco.»
Egli sorrise tristemente. «Ah!» esclamò, «son molto cambiato!... Enrico Lanti.»
«Infatti... adesso mi rammento...»
«Fummo a scuola insieme. Tu avevi una giacchetta coi bottoni dorati ch'era la tua disperazione, perché tutti ti canzonavano. Io ero così grasso che mi chiamavano badduzza; ti rammenti?»
«Sì.»
«Adesso non son più badduzza!» diss'egli; e l'accento contrastava stranamente con la parola.
«È vero, sei molto cambiato.»
Egli tossì due o tre volte e non rispose.
Il silenzio si prolungava troppo; per dire qualche cosa gli domandai se egli fosse da molto tempo in Firenze.
«Da due anni» rispose.
«Sei pittore, mi sembra.»
«Sì.» mi disse, con un sorriso che non dimenticherò mai più.
E dopo un istante:
«Anche tu hai la malattia dell'arte!»
«La malattia?»
«Vuoi chiamarla follia?» diss'egli con lo stesso sorriso amaro. «Non discutiamo sulle parole: è una malattia del cervello o del cuore, non mi picco gran fatto di fisiologia - ma so ch'è un gran malanno... Vedi, non son più badduzza... ed ho la febbre.»
Si tolse il guanto e mi porse la mano, che scottava.
«Ma tanto meglio!» riprese con lo stesso tono, ridendo sempre in modo strano. «Ti ho cercato appunto per questo. Avevo bisogno di uno come te... Tu non mi riderai in faccia almeno... Ed io non voglio

che si rida di me!...»
Gli occhi gli brillavano febbrilmente, e parlava concitato assai. Incominciai a temere che fosse matto sul serio.
Tutt'a un tratto egli mi domandò bruscamente:
«Andrai in Sicilia?»
«Forse.»
«Conosci la mia famiglia?»
«No»
«La conoscerai» soggiunse «son brava gente; non son signori, ma potrai stringer loro la mano francamente... e parlar di me... Non dire di cotesta scommessa però, e in caso di disgrazia non dire come sono morto... La mia povera mamma piangerebbe anche la perdita dell'anima mia... Dì che son morto di tifo, di miliare, in buona casa - ché in Sicilia l'idea dell'ospedale stringe il cuore - e che sono stato assistito dagli amici fino all'ultimo momento...»
«Ma che discorsi mi fai!»
Egli mi guardò sorpreso, come se avessi rotto il filo logico di premesse ben stabilite, e rispose tranquillamente:
«Ma io potrei anche essere ucciso invece di uccidere.»
E ne parlava con calma sinistra.
«Che?...»
«Tò! non ti rammenti della scommessa?»
Allora il vero scopo di quella follia mi balenò in mente nudo e minaccioso.
«Ti batterai?»
«Oh!!» esclamò con un sorriso indefinibile che era quasi lugubre su quel volto cadaverico.
«Odii quell'uomo?»
«Sì» mormorò coi denti stretti, «e l'ucciderò!»
«Per colei?»
«Sì!»
«L'ami!»
Egli trasalì.
«La odio! La disprezzo! Vorrei morderla, vorrei schiaffeggiarla!... vorrei pestarmela sotto i piedi!»
Tossì di nuovo e soffocò la tosse col fazzoletto. Questa volta lo sforzo fu così violento che egli chiuse gli occhi, e sulle sue guance pallidissime passarono certe fiamme di malaugurio. Allorché riaprì gli occhi mi sembrò di vedere un cadavere. Egli mi disse con voce intieramente mutata da un istante all'altro:

«Tu lo vedi, se non muoio di spada morrò di qualche altra cosa. Ma non penso a ciò che per i miei poveri genitori, e per la mia sorellina... Stringendo la tua mano mi sembra di stringermi al cuore quei poveretti che saranno tanto afflitti... Ecco perché ho voluto parlarti. Non è vero che in certi momenti, quando siamo molto lontani dalla famiglia, proviamo delle strane tenerezze per le persone che ce la rammentano, o che hanno il più lontano rapporto con essa?»
«Mio caro... tu esageri...»
«Io esagero?» rispose con lo stesso sorriso. «Va' a chiederlo ai medici di Santa Maria Nuova se esagero... o vieni alle Cascine fra le sei e le sette...»
«Cotesto duello è dunque inevitabile?»
Egli mi guardò sorpreso.
«A meno che il conte non prenda in santa pace la scommessa.»
«Quale conte?»
«Il conte Silvani, il trovatore.»
«Ma puoi anche uscirne vincitore...»
«Perbacco!» esclamò con sinistro entusiasmo. «Lo so!»
«Ma adesso hai la febbre. Non vorrai aspettare qualche altro giorno?»
«La febbre non mi lascia mai. Ma che importa!... Anzi!... Vedi che il pugno trema!...» e lo guardava con triste soddisfazione. «Vedrai come ci starà bene la spada!»
«E la tua famiglia?»
«Povera mamma!» diss'egli passandosi il guanto sugli occhi.
«Non vorrai vederla?»
«No!... No!...» ripeté dopo un breve silenzio in tono tutto diverso e afferrandomi le mani. «Non ne ho il coraggio.»
Le lagrime gli luccicavano nell'orbita, e sentii che quelle lagrime mi toccavano il cuore.
«Se sapessi come sono fatti gli occhi della madre che ti affissano in volto in certi momenti e ti chiedono certe cose!... Se sapessi!» mormorò come parlando fra di sè.
Tutt'a un tratto sentii trasalire le sue mani nelle mie.
«Guarda!» esclamò. «La vedi?... Lei!... Non è bella?» mi domandò Enrico seguendola tra la folla con gli occhi ardenti.
«Oh!»
«Se tu la vedessi senza maschera!...»
«L'ho vista.»
«Ah! tu la conosci! Ella ti ha gettato la fiamma del suo sguardo... anche a te!.. Non è vero che farebbe commettere tutte le pazzie?...»

Essa scomparve verso la porta. Enrico era rimasto sempre con gli occhi fissi dov'ella non era più, e le scagliò dietro una parola infame come un'imprecazione.

«Ah! Ah!» sogghignò con un riso che voleva essere allegro ed era tristissimo. «Se tu sapessi che cosa ho fatto per colei!» e si torceva le mani. «Tu riderai di me, eh?»

«Oh, no! Ti compiango.»

«Non voglio della tua compassione!» mi disse bruscamente.

Poscia, come pentito, e stringendomi la mano:

«Se tu sapessi come mi sento spregevole e vile!... come mi disprezzo! Dimmi,» soggiunse dopo una breve esitazione, piantandomi in volto due occhi luccicanti come quelli di un pazzo, «voglio domandarne a te che ti occupi di coteste orribile malattie... Dimmi come possono farsi di tali cose per una donna che si disprezza, che si odia... Dimmi come pur sputandole in faccia tutto quest'odio e questo disprezzo si possa morire per lei, si possa sacrificarle l'onore, la vita, la famiglia, la giovinezza, l'arte, tutte le cose che sorridono e che si amano, per abbeverarsi del fiele dell'amore di lei... Dimmi come accada tutto ciò... E dimmi che nei miei panni tu avresti fatto come me, e saresti vile e spregevole del pari!... Oh dimmi questo!... ché mi sembra di impazzire!... Vuoi che io ti narri questa storia... vuoi?...»

«Sì!» gli dissi sentendomi invadere dalla sua commozione.

«Ma bisogna che ti dica quello che ero per farti comprendere quel che sono diventato. Ero un genio in erba, una speranza dell'arte italiana, coi capelli lunghi e il cappellaccio alla Rubens; abitavo all'ultimo piano di una vecchia casa in Santo Spirito che il vento, d'inverno, sembrava far traballare sulle fondamenta, e desinavo a cinquantacinque lire al mese. Però in tutte coteste cose ci mettevo, direi, tanta buona fede, che le rendevo quasi rispettabili. Il mio paese mi pagava una pensione, allo scopo di aumentare il numero dei suoi grandi uomini. I miei professori ed i miei colleghi mi tenevano in gran conto, - è vero che c'era poco da fidarsi di loro che avevano in corpo le stesse magagne, ma chi ci avrebbe rinunciato? - Il pubblico ed i giornali mi bruciavano sotto il naso tutti gli stimolanti della vanagloria. Ebbene, chi sarebbe stato più forte di me scagli la prima pietra... Io battezzai pomposamente la mia vanità; la chiamai amore dell'arte, e presi sul serio i miei capelli lunghi e tutte le altre belle cose. Ero contento di passeggiare per le vie di Firenze, come se andassi a braccetto con Raffaello o con Michelangelo. Mi pareva di respirare

l'arte a pieni polmoni; e avevo in cuore tutti gli entusiasmi, le antipatie, gli affetti della mia illusione. Vivevo come in un'atmosfera del Cinquecento che mi rendeva idolatra dei palazzi anneriti dal tempo, delle gronde sporgenti e malinconiche, e delle acque torbide dell'Arno... In fede mia!» aggiunse con un ghigno amarissimo «non avevo ancora pensato all'ospedale e al camposanto...»
Tacque e si passò a più riprese la mano sulla fronte, come per scacciarne molesti pensieri o la commozione che lo vinceva.
«Follie! sì!» mormorò dopo qualche istante quasi parlasse fra di sè.
«Sei certo di non sbagliarti giudicando così dei sentimenti umani?»
«Oh, no... Nessuno potrebbe avere cotesta sicurezza... poiché non ci sono sentimenti veri.»
«Eh?!»
«Quistione d'ottica, mio caro. Io chiamo follie quelli che tu chiami nobili affetti,» rispose con cinismo amarissimo «perché... perché mi hanno ridotto quale mi vedi... - Quanto guadagni con la tua arte?» soggiunse dopo un breve silenzio, appoggiando l'accento in modo ironico sull'ultima parola.
La domanda era così brusca e brutale che lo guardai sorpreso. Egli scoppiò a ridere. «Lo vedi,» mi disse, «ti vergogni a dirlo! Adunque sei un pazzo vanitoso, il peggiore.»
Ero disgustato da quell'affettazione, e gli risposi secco secco:
«Io mi contento di non mischiare del danaro in certe idee.»
«Bella frase!» disse senza scomporsi. «Un tempo mi sarebbe parsa anche una nobile risposta. Ma, amico mio, in un'epoca in cui le più vive ambizioni dell'uomo, ed i più seri sforzi della sua attività hanno uno scopo positivo - arricchire - la logica ha il difetto di non prestarsi alle ipocrisie, - confesserai anche tu che le tue idee, nelle quali non vuoi mischiare del danaro, non valgono nulla... Cioè... no!... Valgono a gettarti fra i piedi di cotesta gente, laboriosa perché è assetata di donne e di vino. - E cotesta gente, che si affretta verso la Borsa, riderà di te, ubbriaco in pieno giorno delle sue passioni. - ché anche tu vivi nella medesima atmosfera, e la bevi avidamente, perché il tuo cervello e i tuoi nervi sono in uno stato di esaltazione morbosa. - E la folla ti schernirà, finché arriva una pietosa guardia urbana che ti conduce in prigione in nome della moralità, o ti chiude nel manicomio.»
Egli si tacque per esaminare trionfante l'effetto della sua eloquenza da pessimista.
«Che cosa mi rispondi?» domandò sorpreso del mio silenzio.

«Che hai veramente il cuore ammalato.»
«Sarà anche vero. Già te l'ho detto che è quistione d'ottica, ed io non pretendo all'infallibilità.»
«E ti credo molto sventurato.»
«Sì! Sì!» accennò col capo, e sembrava commosso; indi soggiunse: «È pure una gran sventura quella di perdere certe illusioni... certe follie... care follie che riempivano di rosei sogni la mia cameretta al terzo piano!... E poi, che resta quando esse son svanite?...»
«Tu lo vedi!»
«Sì! ci dev'esser qualcosa di vero in coteste illusioni che spalancano il cuore a due battenti verso tutto quello che è nobile e bello!...» esclamò lasciandosi dominare dalla commozione. E poscia come pentitosi, rifacendosi scuro in volto: «Ma è poi vero che sia nobile e bello ciò che mi è parso anche ridicolo un giorno?...»
«Un giorno di febbre o di sconforto!..»
«Potresti assicurarmi quali sieno i giorni di sereno, per giudicare con esattezza dei sentimenti, tu che hai amato e odiato la stessa cosa, che ne hai pianto e riso nel medesimo giorno?» domandò con quel sorriso che voleva sembrar cinico ed era una contrazione dolorosa del suo cuore. E lasciando più libero varco alla sua amarezza mormorò: «Non c'è altro di vero che la modificazione dei nostri nervi o la temperatura del nostro sangue».
«La tua scienza è desolante! È la scienza del nulla!»
«È vero!»
«Non hai ma pensato alla tua famiglia?»
Egli trasalì e si fece pallido; accennò due o tre volte a voler parlare, e le labbra gli tremavano.
«Io l'ho abbandonata per correre dietro a quelle larve!» mormorò con voce soffocata. «E allora ho dovuto chiedermi quale di cotesti due affetti fosse il vero, se il più forte o il più puro... È stato un gran dolore!... Ma il dolore è una debolezza, non è una verità... e dei due affetti sai quale ha vinto... nel mio cuore entusiasta e vergine?... ha vinto il più turpe; ha vinto il sensuale nella mia anima che viveva in un mondo ideale... Ora dimmi tu le tue frasi sonore; io ti getterò fra i piedi i fatti eloquenti.»

Io non avevo mai amato, o almeno cotesto sentimento che era sparso in tutto il mio essere non si era incarnato in una figura di donna. Ero superbo della mia arte, superbo di me che la sentivo degnamente, e ciò mi rendeva quasi geloso di me medesimo. I miei sogni erotici non

13

erano mai scesi più giù di una duchessa, cui prestavo gratuitamente tutti i miei entusiasmi, e piedi che non si erano mai posati sul lastrico delle vie, e mani che nessuno aveva mai visto senza guanti, all'infuori di me. E aspettando la duchessa che non veniva, io facevo all'amore coi miei quadri, sognavo i capelli biondi della cameriera che spolverava le tende della finestra di faccia alla mia - i soli capelli - o le linee graziose degli omeri della modista che vedevo tutti i giorni dietro la vetrina in via Rondinelli. Nella comprensione dell'arte c'è una squisita sensualità; la bellezza plastica che compenetravasi nel bello ideale aveva per me certi affascinamenti, ancora verginali ma potentissimi.

La mia vita scorreva serenamente in un mondo che m'ero creato colla mia fantasia. Non avevo mai rivolto un solo sguardo di desiderio su quei piaceri di una grande città che mi passavano sotto gli occhi, sebbene ad una certa distanza, e come in una nube; oppure se ne avevo provata la curiosità, con un amaro sentimento di privazione, m'ero rifugiato nella mia arte come nelle braccia di un'amante. Il mio più grande divertimento era quello di andare a teatro la domenica. Avrei preferito, è vero, quegli spettacoli che parlano più vivamente all'immaginazione, come l'opera in musica ed il ballo; ma erano spettacoli che costavano cari, e in ciascun mese ci son quattro o cinque domeniche - troppo lusso per un bilancio di centocinquanta lire.

Ora se ti dirò che senza fare un buco nel mio bilancio io non avrei fatto uno strappo nel mio cuore, che se una domenica non fossi andato alla Posta per riscuotere un vaglia non avrei visto forse il cartellone della Pergola; e se non avessi finito il giorno innanzi un lavoro di cui ero soddisfattissimo, e il sole di quella domenica non mi fosse perciò sembrato in festa come il mio cuore, io avrei visto il cartellone senza pensare a fare un buco nel mio bilancio, tu mi darai del fatalista... Farai come tutti gli altri, ti sbarazzerai con una parola di un esame increscioso.

Andai dunque alla Pergola di buon'ora per trovare un posto in platea; e lì, nella semi-oscurità, col mio paletò piegato sulla spalliera, l'ombrello fra le gambe, il cappello sull'ombrello, l'occhio intento, stavo a godermi il mio biglietto d'ingresso esaminando tutto, le dorature dei palchi, il leggio del suggeritore, i lumi della ribalta, e soprattutto l'ora che segnava l'orologio.

I palchetti si andavano popolando di belle signore, - almeno avevano indosso tanti fiori, e gemme, e nastri, e bianco, e rosso, che nella mezza luce sembravano tutte belle. Degli uomini poi ce n'erano così ben vestiti e così ben rasi, e colle testine così ben pettinate, ricciutelle e lucide, che quelle belle donne dovevano al certo guardarli con tanto d'occhi spalancati, come io guardavo loro, e istintivamente mi nascondevo le mani nude sotto il cappotto.

Squillò un campanello; un'onda di luce invase quella splendida sala, e incominciò la rappresentazione. Io ascoltavo, guardavo, tutto commosso e rimpicciolito nel mio cantuccio; il mio entusiasmo non si manifestava altrimenti che come una gran soddisfazione di aver ben impiegato le mie tre lire. Avevo comprato per tre sole lire un tesoro di emozioni. Costruivo un paradiso di matte aspirazioni, di sogni e ne cercavo il riflesso negli occhi scintillanti di quelle belle dame. - E quando le vedevo parlare e ridere sbadatamente, agitando il ventaglio o aggiustando il fisciù, provavo una molesta sensazione, e mi scuotevo bruscamente, come se m'avessero svegliato di soprassalto da un sogno delizioso.

Vedi, mio caro, quante belle cose ci sono in tre lire per uno spettatore novizio?

Alcuni istanti prima del ballo corse per la folla un mormorio di aspettazione. Io sentivo come allargarmisi il cuore, e aggiustavo macchinalmente il mio cappello sull'ombrello. Improvvisamente apparve una scena incantata, riboccante di suoni, di luce, di veli e di larve seducenti che turbinavano nelle ridde più voluttuose - come una fantasmagoria di sorrisi affascinanti, di forme leggiadre, di occhi lucenti e di capelli sciolti. Poi, quando quella musica fu più delirante, quando tutti gli occhi erano più intenti, e tutti gli occhialetti si affissavano bramosi sulla scena, corse un nuovo susurrio: «Eva! Eva!» e in mezzo a un nembo di fiori, di luce elettrica, e di applausi, apparve una donna splendente di bellezza e di nudità, coruscante febbrili desideri dal sorriso impudico, dagli occhi arditi, dai veli che gettavano ombre irritanti sulle forme seminude, dai procaci pudori, dagli omeri sparsi di biondi capelli, dai brillanti falsi, dalle pagliuzze dorate, dai fiori artificiali. Diffondeva un profumo di acri voluttà e di bramosie penose. Guardavo stupefatto, colla testa in fiamme e vertiginosa. Provavo mostruosi desideri, e invidie, e scoramenti, e alterezze per la mia arte che sentivo abbassarsi sino ai miei desideri, e pel mio ingegno che mi pareva si elevasse sino a guardarla a faccia a faccia, l'arte; e in fondo a tutto questo, un amaro rammarico di trovarmi in quel meschino posto di platea e senza guanti. Poi tutta quella visione scomparve in un lampo di luce e in un'onda di musica.

Tutto tornò buio. Rimasi ancora sognando, con quei suoni negli orecchi e quelle larve davanti agli occhi. Mi alzai quando gli altri si alzavano; uscii barcollando, urtando nel vestibolo tante belle signore, e calpestando tante code, rischiando venti volte di gettarmi sotto i piedi dei cavalli in istrada. Quella notte non potei dormire; mi sentivo come se avessi tutti i nervi agitati; avevo bisogno di sfogarmi in qualche modo delle mie impressioni, e giacché mi parve che il pennello non avrebbe potuto esprimerle tutte, mi misi a scrivere... un vero delirio, un sogno da febbricitante, però senza pretese, e senza altro scopo che quello di accenderne il fuoco quando avrei avuto freddo.

Ahimè! la stagione era mite; il caldo del cuore durava ancora troppo per lasciar sentire il freddo alle membra, - ecco perché quello scritto che non raggiunse il suo scopo di comunicare la fiamma alle fascine del caminetto arse il mio cuore e consunse la mia vita.

Un mio amico, appendicista molto conosciuto, veniva spesso a trovarmi - eravamo giovani, artisti, entusiasti, matti del pari - Si fumava spesso la pipa insieme e digerivamo la gloria di là da venire. Il mio cuore, o piuttosto la mia immaginazione, aveva bisogno di espandersi. Gli parlai delle impressioni ricevute con tanto calore che egli volle leggere il mio scritto e lo trovò bello. «Dammelo,» mi disse «voglio farti amare da quella donna.»
«Eh?!» risposi come sbalordito da quell'enormità.
«Che ci trovi d'impossibile? La donna è così vana! E la ballerina ha tanto bisogno di simili entusiasmi che le facciano la reclame e si comunichino agli altri!»
«Oh! amarmi! Lei... amar me!... Sei matto!»
«Chi lo sa! E poi mi renderai un servigio; mi risparmierai buona parte dell'appendice teatrale che dovrei scrivere. Il tuo articolo è proprio bello; me ne farò onore.»
E lo portò via infatti, e la sera dopo trovai in camera il giornale ed una letterina del mio amico.
" Non te l'avevo detto? " mi scriveva, " il tuo articolo ha fatto furore. Eva desidera conoscerti. Stasera trovati in teatro, ti presenterò. "
Provai come una fitta al cuore. Presentarmi a lei!... io!... così fatto!... a quella bellezza circondata da tante seduzioni, da tanti splendori, che non aveva nulla di terreno!... proprio io!... E in me successe una lotta di mille pensieri diversi, e l'intima soddisfazione ch'ella avesse letto il mio articolo, avesse scorto una parte del mio cuore, e ne fosse lieta...

e la ripugnanza di svelare al pubblico e a lei stessa il segreto delle mie impressioni, e il timore che esse fossero giudicate ridicole... Se ella mi trovasse ridicolo?... Non ebbi neanche un istante il coraggio di pensare ad accettare quell'invito. Eppure ero felice, tutto solo nella mia cameretta, fantasticando cogli occhi fissi sulla fiamma del caminetto.
A un tratto fu suonato il campanello con violenza. Io mi scossi bruscamente. Udii nell'andito la voce di Giorgio. «E così,» mi disse entrando, «che cosa fai? Non hai ricevuto il mio biglietto?»
«Sì, ma...»
«O dunque?»
«Ma non verrò... Non posso venire...»
«Eh! che diavolo! Ora che ho promesso di presentarti! Che figura mi fai fare?»
«Ma capisci...»
«Capisco che sei di una timidità ridicola.»
Così la paura di un ridicolo scacciò l'altra, e mi lasciai condurre. Alle porte del teatro sentii rinascere più vive che mai le ultime esitazioni, e le misi fuori risolutamente. Egli le respinse senza ammettere replica e mi prese pel braccio. Infilammo alcuni corridoi poco illuminati, e ci trovammo quasi improvvisamente in mezzo ad un caos di ordegni, di assi, di tele dipinte, di scale; tutto polveroso, unto, sudicio, dove stavano a chiacchierare alcuni macchinisti in maniche di camicia, e un pompiere faceva la corte ad una figurante lercia, seduta a cavalcioni su di una seggiola zoppa. - Era il rovescio di quel paradiso di tele dipinte e di fiori di carta. Di fuori risuonavano applausi fragorosi che soverchiavano la musica da ballo. Tutt'a un tratto, dalle quinte, entrò correndo un leggiadro folletto, tutto involto in una nube di veli, e rialzando la gonnellina appoggiò il piede su di uno sgabello per allacciare meglio uno degli scarpini.
«È lei,» mi disse Giorgio; «vieni.»
Essa levò il capo, ancora tutta rossa e anelante. Ci vide e ci sorrise. - ahimè! un sorriso stanco, distratto, reso sgarbato dalla respirazione accelerata. I capelli le cadevano sul petto senz'arte; alcune stille di sudore rigavano il suo belletto; le sue candide braccia, vedute così da vicino, avevano certe macchie rossastre, e nello stringere i legaccioli vi si rivelavano i muscoli che ne alteravano la delicata morbidezza; le scapule si ravvicinavano sgarbatamente, fin la suola del suo scarpino era insudiciata dalla polvere del palcoscenico. Ti parlo da pittore; ma anche da pittore ne avevo ricevuto la prima impressione. Era la silfide

17

dietro la scena, nel suo momento di prosa, in cui non ha bisogno di essere bella, e non si cura di esserlo. Ora è impossibile esprimerti l'effetto che tutto ciò doveva fare sulla squisita e mobilissima sensibilità mia. La farfalla tornava bruco, ed io ne risentivo un dispetto ed una amarezza indicibili.

«Ah, il signore!...» diss'ella sorridendo fra un nodo l'altro. «Le sono molto riconoscente del suo articolo.»

E siccome io non rispondevo, il mio amico stimò conveniente dire qualcosa per conto mio. Ella si rizzò, tutta rossa, ancora anelante, ed aggiustando i suoi capelli e le pieghe del suo gonnellino, mi affissava coi suoi grand'occhi - erano tutt'altri occhi che quelli lampeggianti ebbrezze e seduzioni mentite che avevano sconvolto la mia ragione; ma ci era un'aria d'insistente e quasi ingenua curiosità ch'era stranissima.

«Rientro in iscena,» disse vivamente e stendendoci le due mani nello stesso tempo. «Mi rincresce non potermi fermare più a lungo. Ma spero che il signore vorrà farmi il piacere di venirmi a trovare...»

Ci sorrise e con la vivacità piena di grazia spinse all'indietro colle due mani quel fiocco di velo che formava il suo gonnellino; riprese come una maschera il suo sorriso e disparve.

Rimanevo tristemente là dov'erano svanite le mie illusioni.

«Che te ne sembra?» domandò Giorgio.

«In fede mia... non valeva proprio la pena di venir qui a sciupare i bei frutti delle mie tre lire!»

«Che bel matto! Avresti voluto essere accolto con una piroetta? E credi forse che la prima ballerina della Pergola non debba far altro che sorrisi convenzionali e gesti aggraziati? Puoi essere ben contento, giacché ti ha invitato ad andarla a trovare...»

«Oh, grazie!»

«Saresti capace di non andarci!»

«Tanto capace che non ci andrò.»

«Eh, via! cotesto si chiama viver nelle nuvole!...»

«Lasciami pure le mie nuvole così belle, perché tutto il resto è così brutto!»

«Amen!» rispose Giorgio in tono derisorio. «Non te le invidierò, di certo!»

«Anzi,» avevo detto a Giorgio un altro giorno, «voglio tornare a vederla, cotesta sirena che abbaglia la ragione collo scintillare delle sue pagliuzze dorate, e che irrita i sensi colle sue vesti vaporose, che

mette la febbre nel sangue, e fa scrivere appendici ridicole. Voglio ridere di me anch'io, giacché ne hanno riso gli altri, e lei per la prima.»
«Si direbbe che nella tua ironia c'è molta amarezza!»
«No! c'è del dispetto!... C'è il dispetto di aver visto il mio cuore ginocchioni davanti a cotesta dea che si allaccia le scarpe come l'ultima donnicciuola...»
Giorgio quest'altra volta era accanto a me, in teatro, e guardava cogli occhi spalancati quella donna circondata dagli stessi splendori, e irradiante le medesime ebbrezze. E a rispondere colla sua ammirazione al mio sarcasmo, esclamava quasi fra sé: «Perdio!... com'è bella!...»
«Oh! Sì! Sì! Ed è qualcosa che irrita, che fa dispetto, questa bellezza alla cui presenza il cuore si contorce di spasimo e la ragione diventa vigliacca, cotesta profanazione del bello che, sorridente e non curante, calpesta colle sue scarpine di raso tutto quello che abbiamo creduto puro e santo - la donna, l'amore, l'ideale. - Vedi, essa mi ha messo la febbre nel sangue, ed io mi sento come schiaffeggiato.»
«Mio caro» esclamò Giorgio uscendo fuori dai gangheri «qualche volta io credo che tutte le nostre creazioni rachitiche non valgano un capello della schietta bellezza fisica.»
«Ah! sì, per esempio cotesta vale tre lire.»
«Oh!»
«Sì, ella vende per tre lire le sue spalle, il suo seno, le menzogne dei suoi sguardi, i baci del suo sorriso, il suo pudore, per tre lire, a me, a te, a quel grasso signore con l'occhio imbambolato dal vino, a quel giovane che le getta in faccia i suoi sozzi desideri con esclamazioni da trivio, a quell'elegante annoiato che fissa su lei il suo occhialino distratto dal fondo del suo palchetto, a quella signora che non si fa pagare la seminudità, ma che la guarda con disprezzo. Tutto ciò non vale che tre lire; ella ebbra, procace, in mezzo a gente che ha la testa a segno, e qualche volta il sorriso o la curiosità insultante!... Nelle medesime condizioni la cortigiana ha su di lei il vantaggio di aver di faccia un uomo abbietto e ridicolo del pari.»
«Essa ha udito tutto quello che hai detto di lei!» rispose ridendo Giorgio che da qualche istante non mi dava più retta.
Io trasalii, spiegamene tu il motivo, se puoi.
«Davvero?» esclamai come se fosse stato possibile.
«Sì. Non vedi come ci guarda?»
Allora mi accorsi che la mia sorpresa e la mia credulità erano ridicole, e giacché mi sentivo umiliato, senza saperne il perché, ammutolii.

Giorgio era partito prima di me. Quando fui per uscire mi si avvicinò un inserviente del teatro e mi porse un biglietto.
«A me?» esclamai sorpreso.
«Sissignore, mi fu ben indicato.»
«Da chi?»
«Dalla signora Eva.»
«Eh?!...»
«Che l'aspetti nel vestibolo. Verrà fra mezz'ora.»
La mia sorpresa era tale che non potei metter fuori una sola delle interrogazioni che mi si affollavano in mente.
Apersi il biglietto e lessi:
"Non siete venuto: perché? Se volete accompagnarmi dopo il ballo, aspettatemi nel vestibolo."
Rimanevo come sbalordito dalla sorpresa, leggendo e rileggendo quelle due o tre righe, sentendomi serpeggiare fiamme ignote per le vene, provando improvvisi ed inesplicabili turbamenti. Gli spettatori, gli artisti, gli impiegati del teatro erano tutti partiti gli uni dopo gli altri; i lumi erano stati spenti; non rimaneva che qualche fiammella di gas per i corridoi, e il lampione di un fiacre che si riverberava sull'invetriata del vestibolo. Avrai osservato come in certi momenti eccezionali un oggetto insignificante assorbisca tutta la nostra attenzione e s'inchiodi nel nostro cervello. - Quel lume che brillava al di fuori esercitava una specie di fascino sui miei occhi, e sembrava mi penetrasse sino al cuore con un raggio di fuoco. Non sapevo da qual parte ella sarebbe venuta, e al menomo rumore che udivo su per le scale o pei corridoi il sangue mi si rimescolava tutto. Venti volte provai una gran tentazione di scappar via. Avevo paura, ecco!
Udii un leggero fruscio di seta dietro a me; uscì dall'ombra di un corridoio una donna tutta infagottata nelle sciarpe, nelle pellicce, e col velo sul viso. Attraversò quasi correndo il vestibolo; passò la sua mano sotto il mio braccio, senza dirmi una sola parola; spinse l'usciale, e mentre raccoglieva lo strascico della veste per montare in carrozza, mi disse con voce soffocata sotto il cappuccio e il velo:
«Venite.»
Appena fui seduto al suo fianco calò il cristallo, sporse il viso in fuori, ed ordinò al cocchiere:
«Ai colli.»
Poscia sollevò il cappuccio che le veniva fin sugli occhi, gettò il suo velo all'indietro, e si volse a guardarmi fisso, senza dir motto, con un'aria di curiosità insistente, e quasi fanciullesca. Erasi sdraiata in un

angolo del legno, col capo rivolto dalla mia parte. Sembrava assai stanca, e faceva scorrere quell'occhio curioso su tutta la mia persona, dal capo alle piante.
A un tratto si rizzò sulla vita, e mi domandò semplicemente:
«Come vi chiamate?»
«Enrico Lanti.»
«Quanti anni avete?»
«Venticinque.»
«Siete da molto tempo in Firenze?»
«No, da due mesi.»
«Ci resterete ancora del tempo?»
«Tre o quattro anni.»
«Io partirò in giugno» mi disse con una lieve tinta d'ingenua malinconia.
Aveva la voce sonora, di quella sonorità ch'è dolce come una musica.
E s'abbandonò sui cuscini, appoggiò la testa all'indietro e chiuse gli occhi. Sembrava che dormisse.
La notte era tiepida e rischiarata da un bel lume di luna. Sentivo accanto a me quel respiro lievissimo come quello di una bambina; di quando in quando, a seconda delle svolte che faceva il legno, un raggio di luna passava dallo sportello e gettava dei capricciosi chiaroscuri su quel viso così bianco da sembrare diafano, su cui svolazzavano pel vento che veniva dal di fuori, alcuni ricci biondi così fini e leggieri che sembravano delle vaporose piccole ombre cinerine.
Credevo di sognare. Ero proprio io! dentro quel legnetto! Sotto quel mucchio di velluto e di seta che era proprio lei!
«Perdonatemi» mi disse ella, dopo alcuni minuti di silenzio, senza neanche aprire gli occhi. «Sono molto stanca! E tutte le sere di solito mi riposo così un pochino.»
E siccome volevo rialzare il cristallo che aveva lasciato aperto, mi disse:
«Lasciatelo così. La sera è bella!»
«Ma vi farà male.»
«No, anzi!»
Sporse la testa fuori dello sportello e respirò con forza.
«Mio Dio, come fa bene!»
E rimase immobile, guardando lungamente al di fuori.
A un tratto si volse verso di me, e mi disse quasi bruscamente:
«Perché non siete venuto a trovarmi?»
Ero imbarazzato a rispondere, ed ella seguitò, senza attendere la mia

risposta:
«Siete poeta?»
«No, sono pittore.»
«È lo stesso, siete artista!» mormorò, e mi affissò a lungo coi suoi grand'occhi lucenti; così a lungo che il mio imbarazzo si faceva visibile. «Voi non mi avete trovato più così bella, da vicino!...» esclamò con tutta naturalezza, rompendo improvvisamente quel silenzio che mi sembrava eterno, benché non durasse da due secondi.
«Oh, non mi dite nulla!...» soggiunse con un grazioso movimento del capo. «È così!»
E si tacque nuovamente, guardò al di fuori, si passò a più riprese le mani su quei ricci ribelli, e di quando in quando mi affissava sempre con quello sguardo insistente.
«Di dove siete?» mi domandò.
«Son siciliano.»
«È assai lontana la Sicilia?»
«Sì.»
«Più lontana di Napoli?»
«Sì.»
«Avete visto il San Carlo di Napoli?»
«No.»
«Io ci andrò forse in dicembre.»
Era una conversazione bizzarra, in cui le parole avevano tutt'altro significato, e nell'accento della voce erravano certi suoni che ricercavano le più intime fibre del cuore.
«È vero che i siciliani sieno gelosi?» mi domandò dopo qualche istante.
«Nè più nè meno degli altri.»
«Voi non siete geloso?»
«Non lo sono mai stato.»
«Non avete mai amato?»
«No.»
«Giammai?»
«Giammai.» Mi affissò alcuni istanti e riprese:
«Siete innamorato dell'arte vostra?»
«Sì.»
«Come di una donna?»
«Come di una donna.»
«Come lo sapete se non avete mai provato l'amore della donna?»
Parve sorpresa ella stessa della sua scappata, e soggiunse, quasi per

non darmi il tempo di rispondere:
«Come siete fatti voi altri artisti!»
Nuovo silenzio, oscillante di vibrazioni arcane, e pieno di turbamenti misteriosi.
«Ho conosciuto molta gente, ma non un artista» soggiunse. «Dicono che sono così matti! Vi ho guardato con curiosità per questo. Ve ne siete accorto?»
«Sì.»
«Ma non ho visto nulla! Vi credo troppo superbi per lasciarvi scorgere... Avrei una grande curiosità di leggervi in cuore le vostre stranezze. Vi guardo quasi come un animale curioso.»
E rideva schietta, ingenua, scoprendo i suoi piccoli denti, bianchi e lucidi.
«Quasi vi faccio paura?» le dissi ridendo.
«No!... no!...» rispose stringendomi la mano. «Siete stato così buono verso di me!»
Sembrò esitare qualche istante, e all'improvviso mi disse con vivacità:
«Ditemelo francamente: voi altri non vi montate la testa da per voi quando pensate tante belle cose di una donna?»
«No.»
«Davvero?»
«Davvero.»
«Ah, com'è bello quello che avete scritto di me!» esclamò battendo le mani con aria infantile. «M'ha fatto tanto piacere!»
La sua vanità era così sincera, così ingenua, direi, ch'era quasi commovente. Abbandonava fra le mie la sua mano senza guanto, quella piccola mano affilata, tiepida, colla pelle fine come il raso.
«Che sciocca sono stata a farmi vedere da voi tra le scene!» soggiunse.
«Non me lo sono mai perdonato! La colpa è mia. Vi ho letto in cuore come su di un libro aperto...»
Mi strinse la mano, per proibirmi di rispondere; mise la testa fuori lo sportello e soggiunse come parlando a se stessa:
«Rincresce davvero l'aver sciupate certe illusioni... Anche delle illusioni!...»
«Guardate!» esclamò con infantile vivacità poco dopo, tirandomi per la mano. «Guardate com'è bello!»
Misi anch'io la testa fuori dello sportello. Il legno correva pei deliziosi viali dei Colli. L'alito di lei mi sfiorò il viso, e un brusco movimento della carrozza spinse il suo volto sul mio.
«Oh!» esclamò sorridendo e arrossendo, e buttandosi vivamente

indietro. «Che bella sera! Vogliamo scendere?»
Saltò a terra leggiera come un uccelletto, e siccome la notte era freddina, si strinse al mio braccio.
«Che bel freddo!» esclamò ridendo e rabbrividendo con tanta grazia che mi comunicò il brivido delle sue membra. «Corriamo!»
E corremmo come due fanciulli, ella posando appena i suoi piedini sul suolo, compiacendosi del fruscio della sua veste, e tirandosi sul viso il mantello che il vento gonfiava.
«Oh, com'è bello!» esclamava quando non tremava dal freddo. «Oh! che bella sera!»
Quando fummo di nuovo in carrozza ella chiuse tutti i cristalli, e si rannicchiò in un angolo del legno tremando e ridendo a sbalzi: «Accostatevi di più» mi disse; «ho freddo.»
Le misi un cuscino sotto i piedi, e il paletò sui ginocchi.
«Ma voi avrete freddo!» diss'ella. «Facciamo a metà.»
Tirò indietro i suoi piedini, e gettò sulle mie spalle metà del suo mantello di velluto.
«Eccovi metà del manicotto,» soggiunse. «Avete le mani gelate! Che piccole mani che avete, signore!»
E poscia con un sospiro tutto gaio: «Ah come si sta bene così!»
Sentivo il suo corpicino delicato, tremante, raggomitolato in un cantuccio, e che mi mandava sul viso il suo alito tiepido e profumato.
«Che avete che non parlate?» mi disse dopo un breve silenzio.
«Nulla.»
«Siete contento di questa passeggiata?»
«Sì.»
«Anch'io!» esclamò, e un istante dopo, con quella sua bizzarra mobilità di pensiero: «Fate anche dei ritratti?»
«Sì.»
«Volete fare il mio?»
«Sì»
«Mi farete bella?»
«Come siete.»
«Vi piaccio?»
«Assai!»
«Anche voi mi piacete.»
Tutto ciò con tal franchezza e tal semplicità come se fossimo fratello e sorella, o forse la cosa più naturale di questo mondo.
«Ebbene, che fate adesso?» mi disse vedendomi sedere di faccia a lei.
«Ho bisogno di guardarvi in faccia!...»

Ella sorrise dolcemente, con quello stesso sorriso di piena e schietta ingenuità, piegò la testa all'indietro, socchiuse gli occhi, schiuse le labbra senza far motto.
E piovvero da tutta la sua persona su di me le sue emanazioni inebbrianti.
Poscia scoppiò a ridere allegramente: «Oh! che matti! che matti!... ma pure è una gran felicità esser matti di tanto in tanto!... Quanta noia in tutto il resto!»
«Anche il teatro?» domandai.
«Oh, soprattutto il teatro.»
«Allora perché non lo lasciate?»
Ella mi guardò sorpresa, con quei suoi grand'occhi spalancati da bambina, e mi disse ingenuamente:
«Ma è il mio mestiere, signore!»
«Ah!»
«E poi ci sono anche dei bei momenti.»
«Gli applausi?»
«Sì... in mezzo a tutti quei lumi, e quella musica, e quegli entusiasmi... e si sente bella...»
«Si sente?»
«Sì, proprio! Da principio anche cotesto fa una certa paura... a trovarsi così bella e così poco vestita sotto tutti quegli occhialetti che luccicano... È qualcosa che fa piacere e fa soffrire. Poscia quei sorrisi, quegli occhi, quelle grida, quelle mani inguantate che si sporgono fuori dei palchi, montano alla testa come una febbre... E poi c'è anche una grande soddisfazione d'amor proprio.»
«Quale?»
«Quelle di sentirci dire da tanti signori eleganti che siamo più belle di quelle gran dame superbe che ci guardano sdegnosamente come cagnolini ammaestrati.»
«Ah! le visite sul palcoscenico?»
«Sì, e anche in casa.»
«Vi piacciono?»
«Sì, ce ne sono di quelle che piacciono»
Diceva tutto questo guardandomi tranquillamente negli occhi, con una grand'aria di semplicità e di naturalezza.
«Che cosa avete che non dite più nulla?»
«Proprio nulla.»
«Vi dispiace che vi abbia detto queste cose?»
«Oh, no!»

«Poiché fra le visite che mi piacciono c'è anche la vostra. È vero che non me ne avete fatte, ma me ne farete.»
«Oh, no.»
«Come no?! Perché?»
Ella aspettò lungamente la mia risposta, e riprese con la voce dolce ed il fare insinuante di un bambino che teme di aver torto:
«Ma se chiudo la porta in faccia a tutti quei signori sarò fischiata... E allora a voi per primo non sembrerò più bella...»
C'era una sincerità, tale accento di verità nella sua voce, che non seppi che cosa rispondere a quell'osservazione di cui la cruda verità mi spezzava il cuore. Anche lei s'era fatta pensosa, e teneva il capo chino fra le mani.
La carrozza si fermò. Essa mise fuori il capo dallo sportello e mormorò: «Diggià!»
«Volete tirare il campanello del primo piano?» mi disse.
Al primo piano c'erano le finestre illuminate.
«C'è gente da voi!»
«Sì,» mi rispose semplicemente e prese la mia mano.
Si era fatta improvvisamente triste. Erano le due del mattino; la carrozza era partita; la strada era deserta e vivamente rischiarata dalla luna. Eravamo soli, davanti a quella porta, come un commesso ed una sartina che fanno all'amore di nascosto.
«Verrete a trovarmi?» domandò.
«Forse.»
«Perché forse? Non potete promettermelo?»
«Temerei di mancare.»
«Ah! temete diggià di mancare!»
Mi scosse la mano, dopo un breve silenzio, e ripeté con voce quasi supplichevole:
«Venite a trovarmi!»
«Verrò.»
«Ah! bravo così! Domani?»
«Domani.»
«Verrete a prendermi dopo il ballo?»
«Se lo volete...»
«Ma non lo voglio! Mi fareste un piacere, ecco!»
«Ebbene, sì!»
«Arrivederci, dunque.»
E scomparve nell'andito. Avevo fatto una ventina di passi quando udii che mi chiamava per nome. Era la prima volta che udivo il mio

nome in bocca sua, e mi parve che mi mescolasse tutto il sangue. Mi volsi - era ancora sulla soglia - e la luna l'irradiava tutta.
«Dove abitate?» mi domandò semplicemente.
«In Santo Spirito.» E le dissi anche il numero.
«Che piano?»
«Il terzo, l'ultimo.»
«Buona sera!» e stavolta partì davvero.

Rimanevo estatico, come inchiodato davanti a quella porta, respirando l'aria fredda della notte a pieni polmoni. Sentivo un'esuberanza di vita quasi dolorosa, che mi dilatava e mi comprimeva il cuore a vicenda. Mi pareva che ella dovesse guardarmi dietro i vetri, e quelle finestre illuminate, dinanzi alle quali passavano tutt'altre ombre che la sua, mi abbacinavano gli occhi. Sì, ero geloso di quegli uomini che l'aspettavano in casa sua, alle due del mattino, e li vedevo belli, orgogliosi e sorridenti, rubarmi le sue parole, la sua vista, e la felicità. Vidi come un baleno dell'avvenire; mi trovai povero, solo, meschino, ridicolo, abbandonato su quella soglia, tremante di freddo e divorato dall'invidia! Che cos'ero io per disputare quella donna a quegli uomini felici? Provai dispetto, vergogna, gelosia rabbiosa; sentii che la vertigine di quella sera mi strappava violentemente da tutte le mie affezioni, e mi gettava nell'ignoto. Ebbi paura, e l'orgoglio mi diede la forza di giurare che mai più avrei riveduto quella donna, la quale si sarebbe vergognata di confessare il suo amore per me.
Non dirò che quel giuramento non mi costasse, e molto; ma ebbi la forza di mantenerlo - per invidia, per dispetto, per orgoglio, per gelosia... non lo so...

Il giorno dopo, nell'ora in cui avevo promesso di andarla a trovare, combattei una lotta terribile. Venti volte fui sul punto di uscire, di correre a buttarmi ai suoi piedi. Mi afferrai a due mani a tutte le mie più dispettose passioni, e non mi mossi... e se piangevo ero felice che nessuno mi vedesse piangere.
Così suonò un'ora. Allora respirai con forza, come se avessi superato una gran prova.
Faceva freddo. Di fuori un vento impetuoso scuoteva i vetri, e gemeva per le strette viuzze di oltr'Arno. Guardavo i rari fiocchi di neve che svolazzavano sui vetri, e pensavo alla mia famiglia lontana, e a tutte le tranquille gioie che avevo abbandonato per correre dietro a

larve affascinanti. Mi sentivo invadere da cento ispirazioni gigantesche, e sognavo tutte le ebbrezze della gloria.
All'improvviso fu suonato violentemente all'uscio. Saltai sulla seggiola come se il filo del campanello fosse stato attaccato al mio cuore. Presi un lume e andai ad aprire tutto tremante, come se attendessi una disgrazia... Indietreggiai stupefatto.

Era Eva, tutta imbacuccata, pallida e tremante dal freddo, che mi guardava con certi occhi dove avrei giurato che ci fossero delle lagrime.
Mi aspettavo rimproveri, scene drammatiche; nulla di tutto ciò. Ella entrò, sedette accanto al camino spento, e mi disse tranquillamente:
«Non siete venuto!»
«Voi!»
Ella sorrise dolcemente. Aveva gli stivalini tutti coperti di neve.
«Siete venuta a piedi?»
«Sì.»
«Perché?»
«Non so. Avevo bisogno di farmi perdonare l'altra sera.»
E si sforzava di non tremare, di non far scricchiolare i suoi dentini, come se avesse temuto di rimproverarmi il freddo glaciale che regnava nella mia cameretta. Sebbene cotesta delicatezza mi commovesse, io ero tutto vergognoso, pel mio camino spento, pei miei mobili più che modesti, e pel mio vecchio mantello che avevo gettato su di una seggiola.
Ruppi il cavalletto e accesi il fuoco nel camino.
Ella sorrise; aveva le labbra violette e stese le manine tremanti sulla fiamma che le rendeva quasi trasparenti.
«Oh! che bel fuoco!» ripeteva.
Io m'inginocchiai ai suoi piedi; asciugai i suoi stivalini con un lembo del mio mantello, e poscia glielo stesi sotto i piedi a guisa di tappeto. Ella mi lasciava fare, ridendo come una bambina; guardava all'intorno con curiosità, e mi sembrava che in cotesta curiosità, così espressa, non ci fosse più nulla di mortificante pel mio amor proprio.
«È la vostra camera?» mi domandò.
«Sì.»
«Come siete felici voi altri artisti!... Quanti bei sogni dovete aver fatto fra queste pareti.»
Oh! il bel sogno ch'era la sua leggiadra figurina, col sorriso dolce, gli occhi umidi, le bianche mani incrociate sulle ginocchia, e la veste

bruna che si piegava mollemente sulla sua persona come carezzandola, là, in quel povero angolo della mia cameruccia, illuminata dalla fiamma del mio camino!

Ella aveva capricci improvvisi, bizzarri, dietro ai quali si smarriva volentieri il proprio buon senso come dietro al sorriso di un bambino. «Fatemi vedere!» disse. E si mise a rovistare in tutti gli angoli, in tutti i miei disegni, in tutti i miei cartoni, ponendo tutto sottosopra, scappando in mille ingenue esclamazioni, facendomi mille domande prive di senso e piene di grazia. «Oh! bello!» e seguitava a metter tutto sossopra, battendo le mani dinanzi alle mie tele.

«Come fate a creare tante belle cose?» mi domandò, facendosi seria - e senza aspettare la mia risposta: «Regalatemene una.»

«Scegliete voi stessa.»

«Datemi quel paesaggio. È una spiaggia di mare?»

«Sono i Ciclopi.»

«Che cosa sono i Ciclopi?»

«Si chiamano così certi scogli giganteschi sulla spiaggia di Aci-Trezza.»

«In Sicilia?»

«Sì.»

«Oh, come sono belli!»

Prese un pennello e sul margine della tela scrisse:
" Eva - 22 Marzo ".

«Così ci avrò lavorato anch'io!» aggiunse con quel sorriso vago.

E poi, facendosi seria:

«Voi altri dovete trovare un paradiso da per tutto.»

Girò all'intorno uno sguardo sorridente e riprese:

«Son contenta di essere venuta. Così ho visto il vostro nido.»

Il suo sguardo cadde sul modesto lettuccio, e sorrise vagamente senza dir motto. Poi tornò a sedersi accanto al fuoco, con un atto di dimistichezza carezzevole, e soggiunse guardandomi fisso:

«Sì, son contenta di esser venuta; ma mi avete pur dato un grande dispiacere!»

«Perdonatemi!»

«Oh, non ho nulla da perdonarvi! Non vi ho nemmeno domandato perché non siate venuto. Quando non vi ho visto, all'uscire dal teatro, ho subito indovinato il motivo che vi faceva mancare alla vostra promessa... e son venuta.»

Mi stese le mani, mi guardò negli occhi sorridendo, e soggiunse:

«Siete ancora geloso?»

«Oh...»
«Mi amate molto?»
«Mi par d'impazzire.»
«Molti mi hanno detto la stessa cosa.»
«Oh, Eva!... perché mi dite questo?»
«Ma a voi vi credo. Dovete amarmi così! Oh, Dio mio! com'è bello essere amata così! Ho dovuto piacervi molto per farvi pensare di me a quel modo... Se sapeste che cos'è per una donna il sapere di aver tanto piaciuto! Quanto durerà questa impressione in voi? Chi lo sa! Ma non importa. È pur dolce l'averla destata, anche per un momento solo. Anch'io vi amo.»
«Voi! voi!»
«Sì, vi amo perché vi piaccio tanto.»
Mi guardava con tanta serenità, che quelle semplici parole avevano un senso affascinante.
«E poi, in questo momento, anche voi mi piacete.»
«Ah! in questo momento!...»
«Sì, mio Dio!... bisogna mentire per farvi piacere! Con voi credevo che potessi aprire il cuore schiettamente. Potreste giurare che mi amerete sempre come oggi?»
«Sì! oh, sì!»
«Fanciullo!» esclamò essa con un triste sorriso, «Quanti me lo hanno detto!»
«Non mi parlate in tal modo, Eva!»
«Che v'importa, se in questo momento non amo che voi! Mi crederete almeno, giacché sono così franca! Sì, sarà un capriccio, sarà una pazzia. - Vi amo perché siete ingenuo, perché non siete ricco, perché non siete elegante, perché avete in cuore tutte le follie dell'arte, perché mi guardate con quegli occhi, e anch'io divento come voi, non mi riconosco più! - Ecco perché vi amo. Domani forse mi piacerà di più la cravatta di un bel giovane, come a voi piaceranno le mani rosse di una sartina. Avremmo avuto torto per ciò di godere insieme questo momento di felicità? O saremmo più stimabili se mentissimo oggi con promesse per mentirci ancora domani con menzogne? Io ne ho amati tanti! Anche voi chissà quante donne avete amato! Oggi mi piacete, vi piaccio, e son felice di dirvelo, ecco! Domani... Chi lo sa il domani? Dunque vedete che se vi parlo con tanta franchezza avete torto di essere geloso.»
C'era tanta sincerità, direi tanto cuore, in quelle cose dure, che le rendeva affascinanti. Avrei potuto farmi saltare le cervella, ma non

avrei potuto abbandonare la mano di quella donna che mi diceva di amarmi in tal modo, facendomi indovinare il giorno in cui non mi avrebbe più amato.

Ella era seduta di faccia a me, dinanzi al camino, e quasi le nostra ginocchia si toccavano; teneva le mani nelle mie e i suoi piccoli polsi bianchi e rotondi uscivano fuori dalle trine delle maniche; mi guardava sorridente, fiduciosa, con abbandono, felice di espandersi così sinceramente, e di parlarmi col suo cuore, povera e modesta come me. Ella mi disse anche:
«Vedete che vi amo davvero, se ve lo dico qui, quasi al buio, così infagottata, senza che possiate trovarmi bella...»
Il fuoco s'era spento. Ella s'inginocchiò dinanzi al camino - ella sì elegante, sì delicata, che avevo vista circondata di tutti gli splendori del lusso - s'inginocchiò dinanzi al mio povero camino, affumicato e pieno di cenere, e cercò di rianimare le poche braci. Io andavo attorno per vedere che cosa potessi sacrificare al gran freddo che faceva. Ella si avvide del mio imbarazzo e mi disse:
«Vogliamo andare a prendere il thè?»
«Dove?»
«A casa mia.»
«Ma come? a piedi?»
«A piedi, come due scampati. Voi mi darete il vostro mantello.»
«Andiamo.»
Faceva un freddo di gennaio; le strade erano tutte bianche di neve; ella tremava. Allorché fummo in piazza d'Azeglio, il mio primo sguardo cadde su quelle finestre del primo piano ancora illuminate. Ella che si stringeva al mio braccio, lo sentì trasalire, e lo premette leggermente come per attaccarsi a me.
«Non ci ho colpa, vi giuro!» esclamò con voce supplichevole. «Speravo che a quest'ora fossero partiti!...»
Mi prese per mano, come un bambino, e mi fece salirle scale appresso a lei.
«Zitto!» mi sussurrò all'orecchio. «Non voglio che vi vedano; spegnete il gas.»
Io girai la chiavetta. Eravamo al buio, e sentivo il profumo del suo fazzoletto, il soffio del suo respiro. Essa cercò tastoni il campanello e suonò quasi timidamente. Venne ad aprire una leggiadra cameriera. Eva le disse all'orecchio qualche parola, mi spinse in un andito, e scomparve senza far rumore da un altro uscio a vetri.
La cameriera mi fece entrare in una stanza da letto, debolmente

illuminata, e scomparve anche lei.

La camera era piccola e imbottita di seta bianca come un elegante scatolino. In un canto c'era un letto tutto velato di trine, con certe cortine diafane che sembravano i vapori di un sogno d'amore, e lasciavano trasparire certe coperte color di rosa, di cui la seta doveva carezzare l'epidermide, e nascondere nelle sue pieghe scrosci di risa soffocate, di palpiti virginei. C'era un profumo singolare in quella camera, un profumo di cosa viva, un profumo di donna e di donna amante. C'erano in tutti gli angoli quei piccoli oggetti che luccicano e che hanno forme e colori leggiadri. C'erano negli specchi come il riflesso di chiome bionde, come il lampo di occhi lucenti e di sorrisi giovanili; vi si riverberavano ombre leggiere, colori delicati; il moto dell'orologio era silenzioso; il tappeto era spesso, bianco e carezzava i piedi.
Nell'altra stanza si udivano voci di uomini, e di tanto in tanto delle risa allegre. Si udì anche per qualche istante il suono del pianoforte, e ad intervalli la voce di Eva, fresca, spensierata, giuliva. Poi si udì un rumore di tazze mosse.
Improvvisamente una luce più viva invase la camera ed entrò Eva.
Ella corse verso di me; mi afferrò improvvisamente il capo, senza dire una sola parola, e mi diede un bacio.
«Ecco il tuo thè!» mi disse.

E quand'io la baciavo, quand'io la soffocavo di carezze deliranti, ella metteva un piccolo grido: un grido pieno d'amore e di voluttà.
«Ahi! mi fate male!»
Si svincolò ridendo dalle mie braccia; mi guardò fisso, con quegli ardori negli occhi, stendendo le mani per tenermi discosto ed esclamò:
«Come sei bello! Come devi amare tu! Vieni!» soggiunse sottovoce, prendendomi per la mano. «Zitto! vieni qui, accanto a me!»
Lisciava i miei baffi, arruffava i miei capelli e li intrecciava coi suoi, mi prendeva la testa fra le mani per guardarmi a lungo negli occhi, e mormorava:
«Bambino! bambino mio bello!»
Ad un tratto si fece seria; mi affissò con certi occhi attoniti, e mi disse:
«Mi pare di amarti davvero, guarda!»
Saltò dalle mia ginocchia come un uccello, corse all'uscio e girò la

chiave.
«Buona notte, signori!» disse, e volgendosi verso di me, con uno scroscio di riso infantile: «Se ci vedessero!»
Si udì uno scoppio di voci e di recriminazioni al di là dell'uscio.
«Ho sonno!» ripeté Eva, «Buona notte!»
«Che imbecilli!» soggiunse poi «si credono in diritto di annoiarmi anche quando sono felice!»
Stette ad ascoltare, e ripigliò dopo alcuni istanti:
«Se ne vanno; finalmente! Verrai domani, non è vero?»
«Sì.»
«Alla stessa ora, mi aspetterai in teatro?»
«Sì.»
«Anzi, fai così: m'aspetterai in fiacre, in piazza Santa Maria Nuova. Verrò a trovarti io stessa. Prendi il fiacre numero nove; è la data del giorno in cui mi hai conosciuta. Ora che farai?»
«Come vuoi ch'io te lo dica se non lo so... se non ho più la testa, se ho la febbre!...»
Ella aveva i capelli sciolti, e me ne sferzava il viso con certi movimenti felini. «Ebbene,» mi disse, «se hai la febbre vai a casa.»
«No, starò a vederti dormire.»
«Eh?!»
«Starò a guardare le tue finestre dalla via, e ti vedrò dormire.»
Ella sorrise in modo inesprimibile, e mi avventò un bacio come un morso.
«Birbone!»
Scostò colle sue mani i capelli dalla mia fronte; mi guardò con certi lampi abbaglianti negli occhi - mi guardò a lungo così, tenendomi la fronte fra le mani - e poscia, come rispondendo a se stessa:
«Vattene!» mi disse «vattene!» E non mi lasciava, e sporgeva verso le mie le sue labbra sitibonde, e chiudeva gli occhi.
Mi richiamò di nuovo, quand'ero sulla soglia dell'uscio. «Dammi qualche cosa di tuo» mi disse; «dammi il tuo fazzoletto.»
E poscia un'altra volta:
«Aspetta! Voglio che anche tu pensi a me.»
Si staccò dal seno uno spillo d'oro, e mi punse leggermente sulla mano.
«Bravo!» esclamò dandovi su un bacio. «Ora vattene. Addio!»
Attraversai l'andito al buio, e andavo tastando tutte le serrature dell'uscio, senza trovar modo di aprirle.
Al di là dell'altro uscio udivo un fruscio di vesti e di passi, come se

33

Eva andasse e venisse per la camera. Questa situazione si prolungava e cominciava a farsi imbarazzante. Non potevo tornare indietro, e non potevo chiamare la cameriera. Tutt'a un tratto udii uno scoppio di risa fresco, gaio, argentino - uno scoppio di risa che mi chiamava per nome, e comprendeva tutte le mie follie. Mi trovai, non so come, sull'uscio della sua camera; sollevai la portiera, e vidi quella leggiadra testolina che si affacciava fra le cortine del letto incorniciata dai biondi capelli e dai candidi merletti - saettandomi il delirio del suo sorriso, le ebbrezze dei suoi sguardi, e il fascino del suo silenzio.

Io non saprei dirti quanto durasse cotesto sogno febbrile, e quello ch'io vi provassi. Avevo in seno tutte le gioie, tutti gli entusiasmi, tutte le frenesie... e mi soffocavano. Sembravami che il cuore mi si dilatasse talmente, per tanta piena di affetti, che il mio petto non bastasse a contenerlo. Provavo nello stesso tempo tal fastidio di me, tal rimorso, come un dolore pungente. Sentivo che ero tremendamente felice. Passavo i giorni sognando ad occhi aperti, alla finestra, o presso il camino, o gironzolando per le vie - senza vedere, senza udire, senza pensare - e la notte divoravo avidamente tutte le ebbrezze. Partivo da lei all'alba, di nascosto, come un ladro che ha rubato il paradiso.
Provavo sgomenti inesplicabili; di tratto in tratto il cuore mi palpitava di gioie improvvise, acri e dolorose; sentivo arcane e infinite ispirazioni artistiche che non avrei neppure tentato di esprimere, e impotenze desolanti.

Ella mi amava veramente. Quell'amore sarà stato un capriccio, ma in quel momento era sincero. Le arrecavo paura e diletto. Delle volte mi guardava timidamente, e all'improvviso mi saltava al collo, ebbra anch'essa d'amore. Aveva certe strane curiosità di sapere come fosse fatto il mio cuore che l'amava in tal modo. Mi chiudeva gli occhi con le mani, metteva la sua bocca nella mia per sentire come fosse caldo il mio alito, ed appoggiava l'orecchio sul mio cuore per udire come battesse. Mi voltava e rivoltava in tutti i sensi, scomponeva i miei capelli, e quando l'affissavo a lungo negli occhi, li chiudeva con un piccolo grido di paura.
«Se avessi saputo di doverti amare così» mi diceva, «non ti avrei più cercato. Mi fai male!»
Delle volte voleva che le suonassi al pianoforte la musica dei suoi balli, ed ella mi appariva improvvisamente dinanzi nel suo leggiadro

costume, e spiegava intorno a me tutte le seduzioni - per me! per me solo! - il sorriso inebbriante, gli sguardi pieni di promesse, i capelli disciolti, il seno palpitante... E tutte le volte finiva saltandomi sulle ginocchia, e annegandomi in un'onda di velo.

«Come ti amo!» mi diceva. «Come ti amo!»
Un giorno mi disse, quasi paurosa:
«Come farò a non amarti più?»
E un'altra volta:
«Sai ch'è più di un mese che ti amo così!»
Erano esclamazioni di una commovente ingenuità, ma mi arrecavano aspri dolori.
«Non mi amerai sempre così?» le dissi.
«Oh, sempre!» mormorò con mestizia. «Neanche tu m'amerai sempre così!»

In cotesto delirio, che si prolungava tanto, capirai che il mio tenore di vita era molto cambiato. Non lavoravo più, non ricevevo più nessuno, non scrivevo più nemmeno alla mia famiglia, tranne delle brevissime lettere, ad uso telegramma, e tutte le volte per chiedere denaro.

Non puoi immaginare come una tal passione sia divorante per uno che si trovi nella mia disgraziata condizione, e come divori specialmente il denaro, ch'è la cosa più preziosa. Io non spendevo un soldo per Eva, nemmeno per regalarle un mazzolino di viole, ma provavo mille nuovi bisogni: avevo comperato degli abiti nuovi, avevo bisogno di essere elegante, di lavarmi le mani con acqua di Colonia, di essere ben alloggiato, di desinare da Doney, di portar dei guanti - e tutti questi nonnulla sono enormemente dispendiosi per un pensionato del Comune a centocinquanta lire.

Ohimè! Vorrei credere che fossi pazzo, perché fui assai vigliacco, perché fui infame. Io divenni esigente sino all'impossibile verso la mia povera famiglia - fino a strapparle il necessario per comprarmi delle cravatte. - Non scrivevo altro che per chiedere denaro, e mentivo anche l'affezione! Oh, mia povera mamma! Oh, padre mio!... e non arrossivo allorché vedevo giungere quel denaro che costava tanti stenti ai miei genitori! No! Non arrossivo! - E allorché le mie richieste si fecero più frequenti, più insistenti, vidi le lagrime di mia madre, lo sconforto di mio padre per non potermi mandare più nulla - e non provai altro dolore che la paura di rimanere senza quattrini - e non esitai, no! ad abusare dell'inesauribile affetto paterno fingendomi

ammalato, e scrivendo di aver bisogno di denaro a ogni costo - e non pensai al dolore immenso, alle ansie morali dei miei genitori che per specularci sopra... Ah! cos'ero divenuto, mio Dio!... dove avevo la testa? che se n'era fatto del mio cuore?
Non pensai neanche a morire; non pensai a buttarmi in Arno - avevo bisogno di vivere.
La risposta non si fece attendere. Ricevetti un vaglia di centoventicinque lire e una lettera che mi avrebbe lacerato il cuore se non l'avessi avuto di pietra. Mia madre ci aveva aggiunto i suoi scarabocchi e li aveva inzuppati di lagrime; mio padre mi scongiurava di vendere tutto quello che possedevo, se quei denari non mi fossero bastati per fare il viaggio, e di ritornarmene a casa, giacché non poteva mandarmi più nulla.
Riscossi il vaglia e lacerai la lettera.
Ero malato, non è vero? Avevo un'orribile malattia di cervello o di cuore! Ero pazzo! Non ero io!

Alcune volte, quando aspettavo Eva delle ore intere nella sua camera, mentre ella riceveva i suoi numerosi amici, mentre la sentivo ridere e folleggiare nel suo salotto, provavo delle collere sorde ma selvagge contro di lei. Allora tutte le amarezze che quell'amore mi costava mi sfilavano davanti agli occhi. Ero geloso, e mi vedevo ridicolo, nascosto dietro il suo uscio a divorare in silenzio la mia gelosia. - Alcune volte sembravami che tutta quella gran gelosia non si riducesse ad altro che ad una febbrile impazienza di stringermi Eva tra le braccia. Poi ella compariva, sorridente, inebbriante - la luce si faceva e mi abbagliava.
Ella trovava cento pretesti per venire a stare con me due o tre volte durante quelle visite, e in quei due minuti in cui ella mi saltava sulle ginocchia aveva tali carezze, tali baci, tali parole da farmi impazzire. Sembrava che gli ostacoli irritassero il suo amore e gli dessero mille nuove attrattive. Noi ci dicevamo delle cose futili, sciocche, senza significato, sottovoce, tremanti, estatici. - Poi ella mi lasciava con un bacio e scappava via.
Una volta mi trovò che ridevo.
«Che hai che ridi così?» mi domandò.
«Penso alla bella figura che ci fanno quei tuoi amici di là, mentre tu sei qui con me...»
«Oh, mio Dio!... ma ne ridi in un certo modo!...»
Un altro giorno le dissi:

«Senti Eva, delle volte mi assale la tentazione di entrare all'improvviso in quel salotto, e schiaffeggiare tutti quei bei signori.»
«Sei matto?...»
«Lo so anch'io. È una pazzia; ma ci avrei gusto, ecco!»
Una sera ebbi la tentazione di origliare dietro l'uscio e di guardare dal buco della serratura. Lo feci con un gran battito di cuore - non di vergogna, ma di paura.
Quand'ella venne da me, mi trovò così pallido e corrucciato che mi domandò dolcemente che cosa avessi. Io le dissi con amaro sorriso: «Che persone sono quelle, Eva?»
«Oh, della migliore società.»
«Infatti sembrava che si tenessero molto al di sopra di voi. Vi fumavano in faccia!»
«Hai visto?»
«Sì!» esclamai con un sogghigno dove cercai di mettere tutto il fiele che avevo in cuore.
Ella non mi rimproverò la mia indiscrezione.
«Hai fatto male» mi disse semplicemente facendosi triste.
«Ho avuto torto, lo so.»
«Non dico ciò per me, ma per te.»
«Oh, per me!»
«Non ridere così, Enrico! Ascoltami; se vuoi essere felice contentati di amarmi e di essere amato come io ti amo. Tu hai il cuore caldo e la mente esaltata. Certe curiosità a mio avviso ti farebbero male.»
«Ah! voi lo sapete!»
«Sì,» rispose tranquillamente, guardandomi con tutta franchezza. «Ma che vuoi farci? Tu sai che cosa sono: mi hai amato appunto per questo. Ora per essere quella che sono bisogna che io mi rassegni a siffatte visite, anche quando mi annoiano.»
«Soltanto questo?»
«Soltanto questo.»
«Oh! non basterà!»
«Basterà... perché ti amo!... Hai torto a lagnarti!»
Mi guardò a lungo negli occhi con tanto amore che avrei giurato fosse sincero; mi prese entrambe le mani, e mi disse con serietà - ella che non era mai seria:
«Ti amo ancora e voglio che tu mi ami. Mi prometti una cosa?»
«Di'.»
«Giurami che non starai ad origliare dietro quell'uscio.»

«Ah!» mormorai amaramente con un riso ch'era una contrazione dolorosa del cuore.
«Oh, mio Dio!» esclamò torcendosi le mani «Che timore potrei avere di essere spiata se volessi ingannarti?»
«Perché non volete dunque che io ascolti?»
«Perché... tu l'hai visto... Perché quelle familiarità insolenti che per me sono soltanto una mortificazione d'amor proprio, per te sarebbero morsi acuti di gelosia... Per risparmiarti dispiaceri...»
«Che m'importa se questi non mi vengono da voi!»
Ella lesse nei miei sguardi tutta l'amarezza che non c'era nelle mie parole, chinò gli occhi e mi disse solamente:
«Come siete ingiusto!»
C'era tal suono di verità nella sua voce, e così schietta e dignitosa franchezza nelle sue parole, nei suoi occhi, e nel suo gesto, che mi facevano soffrire orribilmente per tutte le sciagurate contraddizioni della vita.
«Sì, lo sento che sono ingiusto!» esclamai. «Ma soffro orribilmente! sono geloso, Eva! Son geloso di te, di tutti quelli che ti vedono in teatro perché tutti ti desiderano; son geloso di tutti quelli che ti parlano, perché ti parlano per averti...»
«Oh!» esclamò Eva con uno scoppio di risa schiette e gaie «se sapeste come dovrebbero invidiarvi quei signori di cui siete geloso!»
«Non importa; essi vi vogliono...»
«Oh, non tutti! Ci sono quelli che vengono per prendere il mio thè, gli altri per trovare gli amici, altri perché la mia casa è di moda, altri pur di far sapere che ci vengono.»
«Io vorrei che non foste obbligata a ricevere tutte quelle persone, Eva.»
«Sono tutti abbonati, giovanotti chic, di quelli che dispongono dell'esito di uno spettacolo, ed io appartengo al teatro.»
«Io intendo che la donna che mi ama appartenga a me anzitutto!»
«Allora non avresti dovuto innamorarti di una ballerina.»
«Oh, io mi innamorai della donna, perdio!»
Ella sorrise tristamente.
«La donna la vedesti un momento, nel dietro scena... e scappasti via.»
«Ma io vi amo così, come siete!»
«Lo sai tu come sono? Una donna non è che come vuol essere. Sai tu che cosa sarei senza la mia gonnellina corta e le mie scarpine di raso? Sarei una modesta operaia colle dita punzecchiate dall'ago, e con un vecchio ombrello sotto il braccio; una ragazza che potrebbe dirsi

bellina se non avesse gli stivalini rotti e il cappellino di traverso - che andrebbe al mercato, farebbe la cucina, e se avesse fortuna sposerebbe un cuoco o un cocchiere. Ecco che cosa sarei, mio caro; invece ecco che cosa sono: faccio fare anticamera a tanti signori che sarebbero gelosi di te - e tu che non mi avresti neanche guardato se m'avessi vista andare attorno colle scarpe rotte, tu hai fatto delle pazzie per me. Oh! Io so bene ch'è assai meglio non esser costretti a far buon viso a quelli che ci sono uggiosi, e a soffrire delle galanterie insolenti. Ma che vuoi farci? Non son nata duchessa!»
Venne a sedermi sulle ginocchia; mi cinse il collo delle sue braccia, e mi baciò a più riprese.
«Andiamo, via! non piangere, bambino mio! amor mio! non piangere! mi fai male! Io ti amo davvero, sai! Non ho nulla da sperare da te, anzi potresti nuocermi, vedi che son sincera! Mi credi dunque che ti amo?»
«Se tu non mi amassi così io farei una cosa semplicissima, mi ucciderei.»
«Ah! no!» esclamò essa con quel riso da bambina, tenendosi appesa al mio collo colle mani intrecciate, e dondolandosi sulle mie ginocchia. «Non voglio che tu ti uccida perché sei il mio amore, il mio amore bello! il mio amore bello!» e nella voce aveva la dolce cantilena con cui si cullano i bambini.

Alcune sere quelle visite si prolungavano molto innanzi nella notte. Era un giuoco di scherma fra quei signori a chi dovesse rimaner padrone del campo. Una volta Eva entrò improvvisamente e come se fuggisse. Era rossa in viso, e avea le narici dilatate. Chiuse l'uscio a chiave, si gettò su di me con passione, e nascose il mio viso sul suo seno, baciandomi sui capelli, come per impedirmi di uscire, o per nascondermi qualche cosa.
«Che hai?» le chiesi svincolandomi dalle sue braccia, vedendola così turbata e colle lagrime agli occhi.
«Nulla!» rispose.
Io impallidii, e non osai domandarle altro.

Il giorno dopo ella mi vide così cambiato che mi domandò anche lei. «Che hai?» E stavolta fui io che risposi: «Nulla!»
Ella si fece pensierosa e parlò d'altro.
Passammo quella notte come le altre, soffocando le ciarle infantili sotto i guanciali e scambiandoci i sorrisi nelle dolci ombre dei

cortinaggi; però sentivamo che fra noi due c'era qualche cosa che ci faceva morire il bacio sulle labbra ed il riso in cuore. Ella mi guardava con quei suoi grand'occhi spalancati, col gomito sul guanciale, il mento sulla mano, il braccio trasparente attraverso la nebbia dei merletti, e i capelli che gettavano onde dorate sui candidi lini. - Aveva degli accessi quasi tristi e paurosi di tenerezza; mi gettava al collo le braccia nude, e mi nascondeva in petto la sua bionda testolina. - Poi mi stava di nuovo a guardare fisso senza dir parola, colla testa affondata nella tela batista, ed il braccio disteso, mentre le sue piccole dita giocherellavano colla trina della coperta.
Una volta, mentre si parlava d'altro, esclamò: «Come son pazza ad amarti così!»
E più tardi, dopo uno scoppio di risa tanto allegre e matte che mi facevano un senso di pena:
«Come farò quando non mi amerai più?»
Poi, senza badare a quel che rispondessi, mi parlò della sua sarta, delle sue vesti, dei suoi cavalli, dei suoi fiori, del teatro, di musica, di balli, mi parlò della mia arte, di me, del mio paese - giammai ella non mi aveva parlato della mia famiglia; era una circostanza che incominciava a sorprendermi. Era delicatezza? era istinto di gelosia?
Allorché partivo, sull'alba, ella mi richiamò, mi attirò sui guanciali, allacciandosi tenacemente al mio collo, e mi domandò collo stesso tono della prima volta, come se fra la prima domanda e la seconda non ci fossero passate tutte quelle ore e quelle follie. «Che hai?»
«Nulla.»
«Oh, non partire così!» esclamò colle lagrime nella voce.
«Perché me lo domandi? Non mi ami? Non ti amo? Non siamo felici?»
Ella appoggiava la testa sul cuscino, rivolta dalla mia parte, e mi fissava senza parlare, coi suoi grandi occhi pieni di lagrime.
«Credimi,» soggiunsi, «la nostra curiosità è funesta. Io l'ho capito, e non ti ho domandato altro, quando l'altra sera mi hai risposto: nulla.»
Mi prese le mani e le baciò - le sentii umide di lagrime.
«Non mi ami più!» disse.
«Dio lo volesse!» esclamai con un'esplosione di tutte quelle angosce che mi rodevano da due giorni.
Ella si rizzò a sedere di botto, splendida di bellezza, sotto la fine batista, come una statua greca, e mi si buttò al collo, coprendomi di lagrime e di baci.
«Sì, tu mi ami! tu mi ami!» singhiozzò «ed io pure ti amo come una

pazza!»
Poscia, tenendosi allacciata a me come l'edera, nascondendo il suo capo nel mio seno, e parlandomi sottovoce, come vergognosa per quello che doveva dirmi:
«Non credi che ti amo?»
«Sì!»
«Temi che io possa ingannarti per un altro?»
«Oh, no!»
E chinando maggiormente la testa, e abbassando di più la voce, e abbracciandomi più strettamente:
«Perché quella domanda adunque?»
«Perché ti amo! Perché son geloso... in un altro modo.»
«Come?»
«Oh!... non lo so!... non te lo dirò mai!»
Tuttavia sembrò aver compreso, poiché allentò le braccia, non disse molto, e ricadde sul guanciale, nascondendovi il viso.
«Ascolta!» mi disse vivamente, afferrandomi per le mani, mentre era per partire. «Piuttosto che cessare di amarmi... quando lo vorrai... domandami quello che vuoi... Ti giuro che lo farò!»
«Non voglio che tu venga a teatro» mi avea detto altre volte.
«Perché?»
«Perché... perché... È una fanciullaggine, lo so... ma se ti sapessi là... in mezzo a quella folla... ciò mi farebbe pena.»
Io le fui grato di cotesta delicatezza, e promisi, e un giorno, la sera della sua beneficiata, con la logica così strana del cuore umano, le domandai di sciogliermi dalla mia promessa. Ella mi guardò sorpresa.
«Perché?»
«Voglio vederti.»
«Non mi vedi adesso?»
«No! vederti là... a quel modo!...»
«Mi vestirò qui per te.»
«Oh, è tutt'altro!...»
Ella sorrise e mi disse: «Orgoglioso!»
«Orgoglioso?»
«Sì, vuoi godere del tuo trionfo, e dire: Quella donna che tutti desiderano mi appartiene!»
«È vero... sì!»
«Ebbene,» soggiunse semplicemente, «dillo pure giacché è la verità.»
La sua cameriera l'attendeva per pettinarla; prima di lasciarmi ella mi disse, come risovvenendosi:

«Però mi prometterai di non essere geloso!»
Ahimè! prevedeva forse che avrei dovuto esserlo?
Non l'avevo più vista sul palcoscenico, e quando la rividi mi parve tutt'altra! Io comprendo come si possano fare quelle cose che si dicono pazzie - e sono brani di cuore strappato da penose voluttà, brani di ragione torturati dal delirio - per coteste donne che hanno un pubblico per amante, che ci sbattono sul viso tutte le seduzioni, inchiodandoci ad una poltrona d'orchestra, e che ci abbruciano gli occhi col lampo della loro bellezza, costringendoci ad affissarle avidamente. - Cotesta voluttà che s'inebbria di suoni, che abbaglia di luce, che sollecita con acri profumi, che vi fa ondeggiare dei veli dinanzi alla curiosità spasmodica, che ha il sorriso sfacciato, e la nudità pudica, che idealizza tutte le vostre più sensuali passioni, è mostruosa del pari, con tutte le cecità, con tutte le frenesie - e lo spasimo di sguazzarci dentro, le mani, i piedi, il petto, i capelli, di abbeverarsene, di affogarvi la coscienza, il cuore, il sentimento della vita, ha le medesime estasi inenarrabili, i medesimi splendori, le stesse torture, le stesse infamie... Se si potesse vedere in cuore ad uno di quei felici mortali, su cui passa il turbine di una tal passione, e che va invidiato dalla moltitudine!...
Quella donna per cui gli applausi avevano fremiti di desiderio era mia, avea posato la testa sul mio guanciale; ma io non ci pensai che per essere geloso delle sue spalle nude, della trasparenza dei suoi veli, di quei cannocchiali che sembravano baciarla con lingue di fuoco, di quelle mani inguantate che mi sembrava accarezzassero le sue spalle.
Partii come un pazzo, assai prima che fosse terminato il ballo, ed andai ad attenderla in casa sua, arso di gelosia, di corruccio, di desiderio - spiegami tu questo contrasto. E allorché udii il suo passo leggiero per le scale, allorché me la vidi comparire dinanzi ancora ansante, allegra, ridente, colle guance rosse e gli occhi brillanti di giubilo, me le gettai al collo, stringendola freneticamente come se temessi di vedermela strappare dalle braccia. Ella credette che fosse l'entusiasmo destatomi dal suo trionfo!
«Oh! come son contenta che tu sia stato lì!» mi disse senza scorgere il male orribile che mi facevano quelle parole. «Fu un vero entusiasmo, non è vero? Vedi quanti fiori!»
E si pavoneggiava ingenuamente in mezzo agli enormi mazzi che il domestico aveva portato in sala. Io dovevo avere l'aria orribilmente stralunata; ma ella era così compresa della gioia del suo trionfo che non se ne avvide. Si aggirava intorno alla stanza con movimenti

bruschi, vivi, quasi serpentini. Si mirava nello specchio, mi abbracciava e mi baciava, come baciava quei fiori, per sfogare la sua contentezza.
«Quanto sono felice, mio Dio!» esclamava, senza avvedersi che egoismo c'era nella sua felicità.
Suonarono il campanello. Eravamo nel salotto; ella mi prese per mano, e mi fece entrare nella sua camera. «Aspettami qui» mi disse.
«È inutile, giacché me ne vado.»
«Te ne vai! E perché?»
«Avrete molte visite... È la vostra festa...»
«È vero!» disse tutta giuliva.
«Vedete che mi rassegno anch'io...»
Ella mi guardò in volto con sorpresa.
«Fai il broncio alla mia contentezza? Uh, brutto!»
«No.»
«Davvero?»
«Davvero.»
«Domani dunque?»
«A domani.»
«Buona sera»
Io non risposi; ella non se ne accorse. Era impaziente, tutta commossa di gioia, si contentava facilmente della mia affermazione, e non mi leggeva nulla in cuore.

Partii con tal corruccio in cuore che mi sembrava di odiarla. Quando fui istrada piansi come un bambino. E il giorno appresso, dopo una notte di collera, di gelosia, e d'amore, appena furono le dieci corsi da lei.
Avevo bisogno di vederla, di vedere i suoi occhi chiusi, di vederla dormire, e di sognare ancora le dolci notti di abbandono e d'amore. Avevo bisogno di schiudere le sue cortine, e di vedere il sorriso incerto di quelle labbra vermiglie ancora tiepide del respiro notturno, e quegli occhi ancora socchiusi che cercavano i miei. Entrai nella sua camera in punta di piedi, ma trovai ch'era già alzata, e che leggeva una lettera accanto al caminetto.
Vedendomi entrare all'improvviso, si scosse bruscamente, come sorpresa, e fece un movimento istintivo e impercettibile quasi per nascondere la lettera che stava leggendo. Non fu che un lampo, ma bastò al mio occhio acutamente sospettoso. Si alzò, venne a gettarmi le braccia al collo, e mi disse con effusione:

«Ah! bravo! Mi hai fatto un gran bene!»
E gettò la lettera con tutta naturalezza sul marmo del caminetto.
«Perché?» io le dissi.
«Ieri sera mi lasciasti in tal modo! Vedi, ero così commossa che non mi avvidi che partivi in collera. Tu sei più buono di me... Ci ho pensato tutta la notte... Sei ancora in collera?»
«Oh, no!»
«Ma perché eri in collera? che ti avevo fatto?»
Io chinai la testa senza rispondere.
«Vedi», soggiunse, «se io avevo ragione di temere quello ch'è avvenuto! Ho più giudizio di te, io, o piuttosto t'amo di più.»
Mi prese per mano e mi fece sedere accanto al fuoco.
«Come sei pallido!» mi disse. «Non hai dormito stanotte?»
«No.»
«Caro! caro! caro!» esclamò con trasporto infantile baciandomi in fronte.
Indi con improvvisa e ingenua vivacità:
«Vedi, io t'amo per questo! T'amo perché mi ami così, perché sei matto, perché sei geloso, perché sei ingiusto e cattivo. Mi piaci così, ecco!»
In questo momento sorprese i miei occhi che involontariamente si fissavano sulla lettera, e credette forse che la mia curiosità fosse rivolta a un braccialetto ch'era anch'esso sul marmo del camino, accanto alla lettera.
«Ti piace quel braccialetto?» mi disse prendendolo in mano onde prevenire i sospetti che credeva scorgere in me.
«Non l'avevo visto.»
«Ah!» esclamò sconcertata.
Aprì e richiuse due o tre volte la busta di velluto, facendo scintillare i raggi delle gemme, e soggiunse per riprendere un certo contegno, o per disarmarmi colla franchezza:
«È un regalo per la mia beneficiata.»
«Oh!»
«È bello, non è vero?»
Io, che avevo la testa a tutt'altro, risposi: «Bellissimo.»
«È di gran valore.»
«Varrà per lo meno duecento lire.»
«Oh!» esclamò Eva, dimenticando a quella mia ingenua scappata tutte le sue preoccupazioni in una schietta risata. «Ne vale almeno duemila!»

Ebbene, francamente, io fui umiliato della mia ignoranza sul valore delle gemme.
«A che pensi?» ella domandò con una certa inquietudine.
«Penso che sono ben fortunati coloro che possono offrire regali di duemila lire.»
«Tu mi dai il tuo amore che vale assai di più!»
Io sorrisi amaramente.
Si parlò un po' di tutto, ora seri, ora innamorati, ora quasi giulivi. Ad un tratto, le gettai fra i piedi questa domanda, che la fece trasalire, tanto era fatta bruscamente:
«Chi t'ha regalato quel gioiello?»
Ella rispose con la maggior franchezza. «Il conte Silvani. Saresti geloso di lui?» soggiunse vedendo che m'ero fatto serio.
«Oh, avrei torto!»
«E avresti torto davvero!» esclamò essa con tale accento dignitoso che mi umiliò.
«Oh, Eva, perdonami!» esclamai quasi fuori di me, «Io m'avvengo che sono ingiusto e cattivo! Faccio dispetto a me stesso!... Ma son geloso! orribilmente geloso!»
Per tutta risposta ella mi dette un bacio.
«Perché non hai rimandato quel braccialetto?» le domandai dolcemente.
Ella mi guardò con tanto d'occhi spalancati, come se stentasse a capire il significato delle mie parole.
«Come, rimandarlo? Ma vuol dire rifiutarlo!»
«Sì, rifiutarlo.»
Quel rifiuto sconcertava tutti i suoi principi sinceramente e francamente accettati da tanto tempo.
«Ma non si usa in teatro!» mi disse sorridendomi come si fa ad un bambino che ha detto una sciocchezza.
«Ah!» sogghignai. «Credevo che ci fosse della dignità anche fra le persone del teatro!»
«Ma, mio caro, è un altro genere di dignità. C'è l'uso di far dei regali agli artisti in occasione delle loro beneficiate, e ciò non ha nulla di umiliante pel loro amor proprio. Perché ridi?»
«Rido perché sono uno sciocco, un provincialetto, perché non so tutte coteste cose, e soprattutto perché non oserei mai offrire un regalo simile ad una signora per bene... senza temere di farmi rosso in viso, o di farmi gettar dalla finestra dai suoi domestici.»
«Ma un'artista non è una duchessa, mio caro! te l'ho già detto.»

E ci metteva tanto candore che avrebbe disarmato tutt'altro risentimento che non fosse stato il mio.

Andavo su e giù per la stanza, ed ella mi teneva dietro con gli occhi, tenera, amorosa, quasi timida - ella che era così orgogliosa! Io sentivo quello sguardo attaccato su di me, e sentivo che cercava il mio, che vinceva la mia collera, e m'irritava. Improvvisamente mi arrestai dinanzi al camino, soverchiato dal fascino mordente che quella lettera esercitava da un'ora su di me, e la presi in mano. Ella trasalì, ma non si mosse.

«Entrando ho interrotto la tua lettura»; le dissi, e le porsi la lettera.

Ella la prese vivamente.

«Oh, nulla d'importante.»

«Ebbene, leggila pure.»

«L'avevo già letta», e con un gesto naturalissimo la buttò nel camino.

Io non seppi dominare un movimento come per buttarmi sul fuoco.

«Chi ti scrive?» le domandai facendomi rosso in volto.

«Il conte Silvani.»

«Ah!»

«Mi pare che la mia franchezza dovrebbe disarmare i tuoi pazzi sospetti!»

«Tanto più che adesso devo contentarmi della franchezza!» le dissi amaramente, additando il foglio che ardeva.

«Oh!» esclamò ella celandosi il viso fra le mani. «Oh!»

Sentivo montarmi alla testa dei caldi soffi di collera selvaggia. Ella rimase un istante in silenzio, col viso rosso di vergogna, poi esclamò:

«Siete pazzo!»

«Avete ragione!» le dissi mettendo tutta la mia amarezza in un sorriso; e aspettai che mi rispondesse qualche cosa per sfogarmi di tutti i sarcasmi che mi bollivano in seno.

Ella non mi diceva più nulla; attizzava il fuoco colle molle e aveva l'aria severa.

«Quella lettera naturalmente accompagnava quel gioiello!» ripresi dopo un lungo silenzio, poiché sentivo il bisogno ch'ella dicesse qualcosa.

«Sì» rispose seccamente.

Allora, irritato di tanta calma, le domandai bruscamente:

«Perché l'avete bruciata?»

«Perché non vi riguardava.»

Perdei la testa: «È vero;» le dissi, «io non posso farvi dei regali di duemila lire!»

Ella si rizzò come se l'avessi morsa al cuore, pallida, con certe lagrime ardenti negli occhi, e mi disse con un accento che non dimenticherò giammai:
«Adesso siete più che ingiusto e più che cattivo!»
C'era tanta collera nel mio cuore che non ne fui scosso. Rimasi com'ero, appoggiato al caminetto, duro, pallido, fosco. Ella fece due o tre giri per la camera, asciugandosi dispettosamente le lagrime; poi venne a me all'improvviso; prese le mie mani, e mi fissò in volto i suoi occhi lagrimosi.
«M'avete fatto molto male!» mi disse. «M'avete detto quello che nessuno m'ha detto; mi avete rinfacciata la mia condizione come io sentivo di meritarmi, ma come nessuno osava dirmelo... Ora che volete che io faccia?»
«Scacciatemi.»
«Oh, no! ti amo troppo!»
«Tu vedi come ti amo, come son geloso, giacché ti faccio piangere, e non fai nulla per togliermi da quest'inferno!»
«Che cosa vuoi che io faccia? tutto quello che posso fare per provarti il mio amore non l'ho fatto? Tutto ciò che posso dissimularti per risparmiarti dei dispiaceri non te lo dissimulo? E tu me ne ringrazi con un aumento di sospetti ingiuriosi e d'insulti! La mia sincerità dovrebbe rassicurarti e t'irrita! Gli stessi fastidi che mi prendo per nasconderti quelle cose che possono ferire il tuo amore o il tuo orgoglio dovrebbero provarti che io ti amo tanto, sino a mentire per te!»
Io la guardai in viso coll'occhio freddo e scintillante di collera come una lama di acciaio, e le piantai in faccia queste parole, come una pistolettata a bruciapelo:
«Non vi credo!»
Ella si celò il viso tra le mani, e si lasciò cadere sulla poltrona, come se quelle parole le avessero schiantato il cuore. Poscia levò verso di me il viso tutto bagnato di lagrime, e i singhiozzi le soffocavano la parola: «Perché?» balbettava «perché?»
«Perché ti ho visto fingere allo stesso modo sul palcoscenico; perché il tuo volto è una maschera; perché dubiterò sempre che tu mentisca; giacché la tua arte è una menzogna!» gridai fuori di me, sputandole in faccia tutta la mia rabbia, tutta la mia gelosia e tutto il mio amore.
Mi attendevo un'esplosione di collera. - Ella si alzò, pallidissima, si tenne ritta in faccia a me, piangendo silenziosamente e cogli occhi come attoniti per tanto dolore. Le labbra le tremarono due o tre volte

prima di poter parlare.
«Non mi credi!» balbettò. «E che dovrei fare perché tu mi creda? Dillo.»
«Dovresti abbandonare il teatro.»
«Oh!»
«Dovresti romperla con tutto il mondo.»
«Oh!»
«Dovresti venire a vivere con me.»
«Oh, no! non lo farò mai, perché ti amo!» mi rispose con uno scoppio di pianto.
«Ah! è una ragione singolare!»
«Si! Tu pel primo te ne pentiresti, tu!... No! no! no!»
Allora, due o tre volte, feci per precipitarmi su di lei, e strangolarla; le gettai in faccia un sorriso che valeva uno schiaffo, e scappai via.
Quando la notte tornai a casa, con tutte le smanie, tutte le frenesie, tutte le più pazze risoluzioni in cuore, trovai Eva, sulla soglia della porta, che mi aspettava.
«L'hai voluto:» mi disse semplicemente, «ecco che t'ho obbedito.»

Credetti di esser felice. Ella mi apparteneva intieramente; non aveva che me. Mi pareva di avere avvinto più solidamente la sua esistenza alla mia, rompendo tutti i legami che l'attaccavano al mondo esteriore. Io più non sarei stato geloso di tutta Firenze, e avrei potuto uccidere come un cane colui che avesse osato stendere la mano verso la mia felicità.
Mille volte avevo fatto quel sogno senza sperare di realizzarlo giammai, e l'avevo abbellito con seducenti particolari. L'idea sola di avere Eva accanto a me, ad ogni ora della mia vita, sotto il mio medesimo tetto, mi avea creato altre volte delle estasi di paradiso. Avevo sognato le ridenti follie di una eterna luna di miele, le passeggiate in campagna, la fiamma del caminetto, la lucerna della sera, i giuochi infantili, e i dolci silenzi. Avevo pensato a tutte le parole più comuni che ella avrebbe potuto dirmi nelle più insignificanti congiunture. L'avevo vista come un raggio di sole in tutti gli angoli della mia camera.
Ahimè! il domani, allorché la vidi sotto le povere cortine del mio letto, allorché ebbe freddo e non ebbi altro da metterle sui piedi che il mio paletò, allorché accese il fuoco del mio camino e si tinse le mani - quelle candide manine - e tossì due o tre volte pel fumo, allorché dovette trascurare i suoi capelli per fare il caffè, provai un dolore

nuovo e come una spaventosa sorpresa; mi parve che la fata fosse svanita, e non rimanesse più che una bella donnina - di quelle che piacciono - ma io avevo bisogno di adorarla!

Un demone maligno si assise sogghignando al capezzale del mio letto sin dalla prima notte, per trascinare nel volgare e nel ridicolo tutte le mie illusioni. La realizzazione dei miei castelli in aria era diventata la sorgente di mille fastidi, di mille sorprese, ed anche di mille dolori. Ero costretto a starmi fuor di casa la maggior parte del tempo per non spoetarmi intieramente l'anima alla vista di lei che, con un'abnegazione senza pari, affaccendavasi nelle cure domestiche. Mi era parso che lo starle sempre vicino dovesse essere una felicità sovrumana, e quella felicità, vista da vicino, aveva particolari così volgari che mi facevano chiudere gli occhi e sanguinare il cuore. Delle notti intiere, col gomito sul guanciale, vedendola dormire accanto a me, bella, serena, quasi felice anche nel sonno - lei che mi aveva tutto sacrificato - domandavo a me stesso se ella soffocasse, come me, le medesime dolorose impressioni, oppure se non le provasse nemmeno perché mi amava di più, o in un altro modo, o se nella donna ci fosse, come un istinto provvidenziale, l'affetto del focolare domestico... oppure se la sua condizione, l'educazione ricevuta, i suoi sentimenti, la tenessero molto al di sotto della mia ombrosa e delicata suscettibilità... E finivo per darle torto - a lei! di non aver la delicatezza di risparmiarmi certi particolari volgarissimi che mi sembrava affrontasse con la più volgare disinvoltura...

Non cerco di spiegarti cotesto mostruoso mistero che chiamasi cuore. Non mi sono mai sognato di giustificarlo. Ti faccio osservare un fatto.

Cotesta disillusione, cotesta amarezza intima, m'invadeva tutto, la mente come il cuore. L'arte mi negava anch'essa le sue ispirazioni; era forse gelosa, o la vita mi assorbiva troppo per potermi sollevare sino ad essa. Però fu un altro gran dolore per me. Provare la febbre e l'impotenza di creare! L'hai tu provato? Ero stato delle ore intere dinanzi a quel cavalletto, accanto a quella donna che mi aveva riempita l'anima di tanta luce e di tanti colori, che adesso attaccava i bottoni ai miei vestiti, e mi rendeva ebete; e qualche volta mi ero strappato i capelli, qualche altra volta avevo pianto di rabbia, o avevo tirato giù linee o pennellate che il giorno dopo scancellavo. Ella mi guardava con sorpresa, mi stringeva le mani, mi diceva delle parole affettuose. Io le rispondevo sgarbatamente, infastidito, quasi iroso, e delle volte, trovandomi l'anima così vuota, piangevo tutt'altre lagrime. Intanto i bisogni materiali della vita si facevano sentire più che mai. Quel pochissimo di cui potevo disporre era stato dissipato in un lampo; ero indebitato fin sopra ai capelli coll'oste, col padrone di casa, con tutti i miei amici, ed anche coi semplici conoscenti, poiché la necessità mi aveva reso sfacciato. Avevo momenti di preoccupazione tale che le carezze di Eva mi avrebbero fatto montare in collera. Non osavo più scrivere ai miei genitori perché avevo l'orgoglio del mio fallo, ed il mio amore sciagurato non era abbastanza potente per assorbire anche e soffocare il rimorso di strappare il pane di bocca alla mia famiglia onde prolungare la mia dolorosa follia. Ero troppo orgoglioso per far trapelare ad Eva la menoma mia preoccupazione; e allorché ella si mostrava più affettuosa, più sommessa, e cercava timidamente di prender parte alle mie angustie e di venirmi in aiuto, avevo per lei modi aspri e parole dure. Per vivere alla meglio avevo accettato una delle più umili occupazioni - dipingevo ad oleografia; il mio cervello si atrofizzava, ma si tirava innanzi.

L'inverno era ritornato, e rigidissimo. Io andavo al caffè tutte le sere a bere il ponce e a leggere il giornale, mentre Eva mi aspettava a casa. Mi occupavo delle quistioni internazionali e tenevo dietro al corso dei valori pubblici con interesse! Leggevo sino alla quarta pagina; poi facevo quattro chiacchiere coi vicini, e tornavo a casa sbadigliando. Una sera avevo trovato il ponce freddo; la politica volgevasi contraria al mio colore - poiché avevo già un colore politico! - il mio vicino era stato sgarbato; fioccava maledettamente, e tornando a casa avevo trovato il camino spento.
«Perdio!» dissi ad Eva aspramente; ella lavorava presso il lume. «Non vien certamente la voglia di tornare a casa.»
Essa levò su me i suoi occhi sempre dolci e sereni, e non rispose.
«Con una notte come questa farmi trovare una ghiacciaia!» ripresi. Vedevo che ella avea il viso livido, che tremava dal freddo sotto il suo scialle, e non pensai che in quella ghiacciaia ella avea dovuto pur starci tutto quel tempo in cui io avevo acconciato l'Europa a modo mio, seduto in un angolo ben riscaldato del caffè.
«Non è freddo» rispose.
«Perdio, s'è freddo, si gela.»
«Non c'è più legna», soggiunse timidamente.
«Non ce n'è più in Firenze?»

Ella chinò il capo sul lavoro e stette zitta.
«Non hai danari?» domandai.
Era la prima volta che quella parola mi veniva sulle labbra, e malgrado fossi tanto cambiato, mi fece una singolare impressione, come se avesse suonato altrimenti della mia intenzione.
«No», rispose Eva dolcemente.
«Come! non hai danari?» replicai, senza che la parola quella volta mi ripugnasse. «Hai fatto delle spese straordinarie?»
«No.»
«Ma non siamo che ai venti del mese.»
«È vero.»
Malgrado il mio abbrutimento un raggio di luce si fece nella mia mente, e mi parve che attraversasse la parte più sensibile del mio cuore come uno stile di acciaio.
«Vuol dire...» esclamai, sentendo che la voce mi tremava, «vuol dire che i danari che ti ho dato ciascun mese... non bastavano!»
«Che importa?» mi diss'ella sorridendomi con la stessa dolcezza.
«Ma allora... come hai fatto?...»
«Avevo del danaro.»
«Tu!!!» e mi nascosi il volto fra le mani.
Il mio orgoglio si contorceva dolorosamente, poiché il mio cuore non si commoveva più.
«Sì.»
«Tu non avevi nulla quando venisti.»
«Avevo quei pochi gioielli.»
«Li hai venduti?»
«Sì.»
«Ah!»
Ella venne a me dolcemente; mi rialzò il capo, e mi baciò in fronte.
«Non mi ami più?» disse.
«Perché?»
«Perché quello che io ho fatto ti dispiace.»
«No.»
«Ti fa arrossire.»
«Sì.»
«Non mi ami più! Io non mi son vergognata di quello che hai fatto per me.»
«È tutt'altra cosa; io sono un uomo.»
«È lo stesso quando si ama!»
Io le baciai le mani, e la guardai con occhi che avevano le migliori

intenzioni di adorarla. Ella aveva una cuffietta assai modesta; alcune ciocche di biondi capelli le scappavano attraverso i nastri scoloriti; sul suo seno s'incrociava un leggiero scialletto; aveva le labbra pallide e le mani livide. Le prime parole che mi vennero in bocca furono:
«Ed ora come si fa?»
«Bisogna aver coraggio!»
«Oh, se potessimo contentarci delle belle parole!» le dissi aspramente.
«Mio Dio!» rispose ella timidamente, come per rabbonirmi, «non sono stata mai ricca, tu lo sai; quella bella casa e quei bei mobili non mi appartenevano, e, pur troppo, tutto il mio danaro lo spendevo malamente per vivere in un certo lusso; sicché quando gli ho voltato le spalle possedevo ben poco. Ho fatto tutto quello che ho potuto, e te l'ho nascosto per risparmiarti un dispiacere di più. Adesso non ho più nulla.»
«Io non vi ho chiesto nulla!» le dissi amaramente.
«Oh!»
«E se l'avessi saputo non vi avrei permesso di infliggermi questa umiliazione che adesso mi rinfacciate!»
«Oh!» ripeté Eva con un raddoppiamento di dolore.
Io non ebbi cuore per prendere le sue mani, con le quali si celava il viso, e asciugarle le lagrime che vedevo scorrerle fra le dita.
«Enrico!» mi disse ella dolcemente come nei nostri più bei giorni d'amore, «vedi come sei diventato? Vedi se m'ingannavo presagendo quel ch'è successo? Tu te ne sei pentito pel primo!»
L'abbassamento morale, direi, era così pronunziato in me che non pensai nemmeno di protestare per illuderla; e non pensai che quel mio lugubre silenzio doveva pesarle sul cuore come piombo fuso. Poi, quando me ne avvidi, dopo un lungo e mortale indugio, non trovai di meglio per consolarla che sciorinare un'imprecazione.
«Arte pitocca e bugiarda!» esclamai stendendo il pugno verso il cavalletto «che vai tronfia d'orgoglio e non dai pane da sfamare!»
Eva mi guardò sorpresa, quasi addolorata. Io le risposi quel ritornello che riepilogava tutte le mie abbiezioni: «Ed ora come si fa?»
Non rispose.
«Se tu tornassi al teatro?» le dissi con tutta naturalezza, compiacendomi, direi, della mia vigliaccheria.
«È impossibile;» rispose colla stessa calma rassegnata; «non è la sola abilità che forma l'artista; ma la carriera fatta, il palcoscenico, il pubblico, i giornali teatrali, i cartelloni degli spettacoli, gli agenti, gli impresari. Bisogna vivere in questo mondo per appartenervi. Io ne

sono uscita, e nessuno più mi conosce. Per rientrarvi bisognerebbe che incominciassi da capo.»
Allora soltanto mi balenò dinanzi agli occhi tutta l'estensione del sacrificio che ella avea fatto alle mie folli esigenze.
«E tu sapevi tutto questo?» le dissi.
«Sì» rispose tranquillamente «e sapevo anche che doveva arrivare questo giorno.»
«Ti giuro,» esclamai, «che ti renderò tutto quello che mi hai sacrificato, o mi ucciderò!»
Ella mi guardò in modo singolare con quei suoi occhi mesti e dolci, e mi disse quasi con un soffio di voce:
«Io non me ne sono mai lagnata, e tu non mi avevi mai promesso di ucciderti.»

Passai la notte in magnanime risoluzioni, e appena fu giorno cominciai a darmi le mani attorno per cercare altre occupazioni che mi fruttassero qualcosa. Ma le magnanime risoluzioni non riuscirono che a procurarmi un modesto impiego, presso un fotografo. Di meglio in meglio, dalle nebulose altezze della grande arte io ero arrivato a stendere i colori dietro le fotominiature che si vendevano a dodici lire l'una. E neanche questo bastava. Io ero inquieto, irascibile, dispettoso. Ella trascurava il suo vestire, era triste, e qualche volta stizzosa; aveva certi suoni di voce aspri, certi sorrisi che non la rendevano bella. Io credevo coscienziosamente di farle dei veri sacrifici andando a casa la sera invece di andare al caffè, e fumando la pipa accanto a lei, leggendo il giornale, mentre ella lavorava. Ambedue senza dire una parola, sentendoci gravare quel silenzio sul petto come un peso enorme.
Dopo alcuni giorni osservai in lei un cambiamento che mi avrebbe sorpreso se il mio cuore fosse stato più all'erta. Ella cantava per la camera, sembrava allegra, aveva comperata una veste di seta e degli stivalini nuovi coi suoi risparmi - faceva già dei risparmi! - Aveva dei guanti e si abbigliava con cura! Quell'aria di festa si era stesa anche al mio focolare e sulla mia mensa - ed io ne godevo come un parassita!
Mi accadde due o tre volte di non trovarla in casa, e non le domandai dove fosse stata. Una sera trovai la chiave nella serratura. La camera era buia. La chiamai e non rispose. Accesi il lume e vidi la camera vuota; sul camino, appoggiata allo specchio, e messa con cura in evidenza, c'era una lettera aperta; era per me - ecco che cosa lessi:
" Mio caro Enrico, tu non mi ami più, io non ti amo più nemmeno -

e siamo pari. Te l'avevo predetto! Tu mi hai visto attizzare il fuoco, e far la calza; io ti ho visto stendere tranquillamente i colori sulle tue stupide fotografie, senza ispirazione e senza entusiasmo; ecco perché non ci amiamo più. Le asprezze, i diverbi, le amarezze, son degli accessori. Domani forse saremmo arrivati a picchiarci! Ti lascio, e credo fare del bene anche a te. Tu hai bisogno di sognare per buscarti gloria e quattrini; io non ho che la mia giovinezza, e bisogna che ne approfitti se non voglio andare a finire all'ospedale. Tu hai il cuore buono; ti ho parlato con franchezza, e credo perciò di non lasciarti in collera. Io ti voglio sempre del bene, e te lo proverò, quando potrò. Eccoti 500 lire. "

Devo confessare che la prima impressione destatami da quella lettera fu di sollievo. Tutto quello che c'è di falso e di malsano in tali legami si scorge al sentimento inesplicabile di soddisfazione che si prova rompendoli, anche quando il romperli costi qualche lagrima. Poi, quando la tempesta è passata rimangono qualche volta nei bassi fondi limacciosi le serpi che si sono avviticchiate più strettamente al cuore, e che hanno più tenace vitalità: - il dispetto, l'amor proprio ferito, la vanità schiaffeggiata. Trovandomi solo in quella camera ove m'aveva aspettato tante volte, non pensai ad altro che al modo con cui ella l'aveva abbandonata; e quando mi avvicinai a quei guanciali che conservavano ancora l'impressione del suo capo non pensai a quell'altro letto dove ella forse dormiva, se non perché non era il mio. Non pensai a quei baci che più non desideravo se non perché un altro li aveva.
E al nuovo giorno il raggio di sole che veniva dalla finestra era così allegro, diceva tante belle cose della giovinezza, dell'arte, dell'avvenire, della mia famiglia, cui non avevo rivolto il pensiero prima senza una spina nel cuore, che mi trovai con sorpresa l'animo in festa: esso non voleva rammaricarsi ad ogni costo dell'abbandono di Eva.
Scrissi ai miei genitori, fumai la mia pipa, riordinai tutti i miei utensili da dipingere, come se non dovessi che ritornare all'arte perché l'arte mi sorridesse, e non pensai ad Eva che pel dispetto di aver trovato fra la cenere del caminetto una busta mezzo arsa, ove l'indirizzo di lei era scritto con quello stesso carattere elegante della lettera che accompagnava il braccialetto del conte Silvani - e per quel biglietto di cinquecento lire che, tutto sdegnato, misi nel portafogli, col fermo proposito di buttarglielo in volto quando l'avessi vista.
Ahimè! io non la rividi! non le buttai nulla in viso! Il vuoto che si era

fatto nel mio cuore, a furia di vivere soltanto per esso, mi avea prostrato intieramente, e aveva isterilito il mio ingegno. Tutte le orride lingue della miseria del cuore, dell'intelletto e della borsa, lambivano la mia esistenza. L'avvilimento mi snervava, e logorava la mia vita nell'ozio, sulle panche di un bigliardo o di un caffè. I debiti, l'inerzia, e la miseria mi affogavano; tutta l'attività del mio spirito non aveva altra mira che di farmi acconciare alla meglio in quel fango - ed io mangiai tranquillamente il biglietto di cinquecento lire.

Poi anche questo finì.
E allora incominciai un'altra lotta più bassa, più accanita, più dolorosa, la lotta degli espedienti, delle transazioni d'amor proprio, delle viltà, contro un desinare. Dopo aver venduto tutto quello che era vendibile, le tele, i disegni, le scatole, i colori, gli abiti, le scarpe, tutto, mi trovai senza pane, quasi senza vesti, alloggiato come in ostaggio del mio debito, con cinque lire in tasca, e certe allucinazioni come quelle che si devono provare al momento di smarrire la ragione.
Mi venne in mente di giocare. Mi ricordai di tutte quelle storielle e di tutti quei bei romanzi ove si parla di guadagni enormi fatti con un nulla, e mi parve d'esser ricco possedendo cinque lire e quella bella idea. Salii senza esitare le scale di una casa ove gli artisti e gli studenti poveri andavano a disputarsi l'un l'altro il pane quotidiano; arrischiai una lira, poi l'altra, poi l'altra, poi l'ultima. Vedevo delle fiamme abbaglianti passarmi dinanzi agli occhi, e provavo degli improvvisi sbalordimenti. Mi parve che si facesse un gran vuoto nel mio cuore e ne sentii tutta la penosa sensazione, nel momento in cui si voltava la carta che doveva decidere dell'ultima mia lira. Tu non sai quel che voglia dire l'ultima lira; vuol dire il pane dell'indomani, e si ha lo stomaco vuoto! e i fantasmi dei tuoi bisogni ti attraversano in un lampo lo spirito!... Poi sentii una gran calma improvvisa, come una specie di benessere, una terribile lucidità d'idee. Avevo perduto. Almeno non avevo più nulla!
Scesi le scale con passo fermo. Avevo la vista chiara e la mente tranquilla. Passeggiai per le vie più frequentate; lessi gli annunzi degli spettacoli; passai dinanzi alle vetrine di parecchi caffè provando una strana soddisfazione a veder la gente che vi era; andai pel Lungarno alla Pescaia, e stetti una mezz'ora a guardare i bizzarri riflessi del gas sulle acque del fiume, senza pensare un istante che sarebbe stato anche più bello trovarvisi in mezzo. Poi, quando suonò la

mezzanotte, mi trovai come per abitudine nella mia strada. Avevo freddo, e mi ricordai che non avevo meglio da fare che andare a letto.

Il giorno dopo pensai che era naturalissimo di andare a chiedere qualche cosa in prestito al solo amico che non mi voltasse ancora le spalle, come tutti gli altri, Giorgio, e mi meravigliai come quell'idea non mi fosse venuta prima. Quell'idea non mi fruttò che una lunga corsa, ed io non ero molto in forze. Giorgio non era in Firenze. Domandai quando sarebbe ritornato; mi risposero, fra dieci o quindici giorni. - Dieci o quindici giorni!

Quella risposta mi lasciò come istupidito; tornai indietro colle mani nelle tasche, e zufolando un'arietta fra i denti.

Mi venne in mente di fumare. Cercai in tutte le mie tasche, e non vi trovai che uno scatolino di fiammiferi; era pieno. "Se potessi cambiarlo con un sigaro!..." pensai, "o con un pezzo di pane!"

E credo anche che scappai a ridere!

Avevo una preoccupazione insistente; quella di ammazzare il tempo, come se aspettassi qualche avvenimento e l'indugio mi pesasse. Pensai di trastullarmi colle mie fantasticherie, giacché non avevo più fiducia nell'ispirazione, e di andare alle Cascine per cercarvi la solitudine. Ahimè! la mia mente era vuota, come il mio cuore, come il mio stomaco. Andavo baloccandomi come un imbecille pei viali, ora guardando correre le nuvole più basse e brune su di un cielo di piombo, attraverso gli incrociamenti dei rami nudi, ora tenendo dietro con grande curiosità ai passeri che correvano sull'erba riarsa dal gelo in cerca di cibo - anch'essi avevano fame. Tutt'a un tratto udii uno scalpito accelerato e un grido «guarda!» e mi gettai sul ciglione, tutto sossopra, come se ne valesse la pena! E vidi passare come frecce due cavalieri, anzi un cavaliere e un'amazzone. L'amazzone era lei, Eva! - la riconobbi al riso, rideva allegramente, e alla persona: ma non la vidi in faccia; era rivolta verso il suo compagno, gli parlava e non mi vide - credo almeno che non mi abbia visto. Il suo cavallo era coperto di sudore, aveva le narici rosse e mandava nugoli di fumo. Ella era leggermente inclinata sulla sella; acconsentiva la mano alle redini e tutta la persona ai bruschi movimenti del cavallo, con grazia ardita e sicura. Si udivano stridere il cuoio e le cinghie della sella; il velo le svolazzava dietro coi biondi capelli, e la lunga veste ondeggiava come un prolungamento della sua persona. Il giovane che l'accompagnava aveva la sigaretta fra le labbra, il brio spensierato, e nel sorriso, nel gesto, nel guanto, aveva come l'insolenza di tutte le ricchezze, della gioventù, della salute, dell'avvenenza, della condizione e del danaro. Non so se Eva mi vide; so che vedendola così bella e accanto a quel bel giovane mi parve tutt'altra donna; mi parve che non avrei giammai osato di stringerle la punta di un dito. Più non sentivo il menomo desiderio di lei. C'era come un abisso fra di noi. Ella era così lontana, così in alto, che non provavo nè desiderio, nè memorie - o erano di tutt'altro genere. - Se mi avesse gettato un pezzo da cinque lire, non l'avrei preso, ma se mi avesse buttato un pezzo di pane, chissà... quando ella avesse svoltato l'angolo del viale!...

Verso le sei mi trovai senza avvedermene dinanzi all'osteria dove solevo desinare. Mi sentivo stanco, e mi rammentai che non avevo mangiato dal giorno innanzi.

Allora provai una paura improvvisa, rapida come un lampo.

«Dio mio!» balbettai, «se lo sapesse mia madre!»

Mi aggirai tutta la sera per le vie come un fantasma, senza direzione, senza sapere che fare, guardando stupidamente tutti quelli che incontravo, non per altro che per cercar d'indovinare se avessero desinato.

Il freddo mi arrecava le convulsioni; avevo le vertigini; la mia camera era gelata, e le coltri della padrona erano povere come il mio vestito. Tutta la notte non potei chiuder occhio: provavo degli stiramenti convulsivi di stomaco, delle nausee che mi facevano assai soffrire.

Mi rammentai di Eva, di averla incontrata alle Cascine, e quel ricordo fu come di persona che avessi conosciuto molto tempo addietro. Nella mia mente c'era un penoso sonnambolismo che faceva correre incessantemente il mio pensiero stanco dietro certe larve senza forme precise, o dietro le memorie del passato. Mi ricordavo di tutti i particolari del mio amore per Eva, anzi una forza che non era nella mia volontà vi costringeva quasi ostinatamente il mio pensiero, e parevami che mi ricordassi di un fatto accaduto ad altra persona, o narratomi molto tempo addietro. Non mi sorprendevo nemmeno di non esserne geloso. Prima di tutto l'amore sta in un complesso di circostanze, e in me allora non c'erano che circostanze negative. L'avevo amata quando la mia immaginazione e il mio cuore sarebbero stati ricchi. Quanto alla gelosia, essa richiede, se non un grande amore, almeno una certa dose di amor proprio che renda possibile un parallelo anche ipotetico fra due rivali. - Io avevo fame!

Avevo anche preoccupazioni lugubri. Pensavo alle ore che mi rimanevano ancora di vita e alle sofferenze che dovevano accompagnare tal genere di morte, come per conciliarmi con quell'idea. Non osavo uscir di casa, non ne avrei avuto la forza, e sembravami che tutti dovessero leggermi in viso la fame. Avevo ancora dell'orgoglio!
L'aria era frizzante. Dalla finestra vedevo la gente andar lesta, certuni avevano la cera sorridente: molti una tranquilla spensieratezza; tutti erano certi di trovare a casa il desinare. Vedevo i camini che fumavano, e, attraverso i vetri delle finestre di faccia alla mia, donne affaccendate e fumo di vivande. Vedevo tutto ciò con una dolorosa lucidità di mente, e fermavo il mio pensiero in mezzo a tante domestiche felicità, che vedevo o che indovinavo, con una penosa voluttà; e domandavo a me stesso, con immenso sconforto, se fosse possibile che tutta quella gente felice potesse credere che a venti passi c'era un uomo che moriva di fame.
Verso sera le mie sofferenze si fecero insopportabili. Uscii come un pazzo. Mi trascinai dinanzi a tutti i caffè e a tutti i teatri, nascondendomi fra i monelli, cercando il buio, esitando lungamente. Poi, tutt'a un tratto, mi trovai abbietto, rassegnato, contento di esserlo. Vidi uscire una coppia di giovani eleganti dalla Pergola; la donna bella, coperta di pellicce e sorridente; l'uomo con la cravatta bianca, e guardava lei con occhi innamorati. Ella montò in una bella carrozza, gli strinse la mano e gli sorrise. Egli la vide partire, col cappello in mano e gli occhi intenti; allo svolto della via un guanto bianco si affacciò allo sportello del legno, e il giovane salutò nuovamente quel guanto; poi si avvicinò al gas e lesse un piccolo bigliettino che aveva in mano; - gli occhi gli raggiavano, sembrava felice, doveva esser buono. Me gli avvicinai col cappello in mano e gli dissi: «Ho fame.»
Cotesta terribile verità doveva leggersi chiaramente sul mio volto, poiché quel giovane mi guardò sorpreso, senza parlare, e mi diede un biglietto da cinque lire. Dovette accorgersi delle lagrime che avevo negli occhi febbrili; si fermò a guardarmi e mi disse:
«Voi siete giovane, e sembrate sano; come va che avete fame?»
Però non attese altra risposta da me - io non avevo alcuna da dargliene - e soggiunse:
«Se volete occuparvi venite a questo recapito domani alle undici.»

Era giovane, amato, ricco, felice, aveva del cuore, e quel ch'è più raro, la delicatezza del cuore. Egli mi fece fare il suo ritratto, me lo pagò benissimo, non solo, ma risparmiò anche il mio amor proprio comprendendo le cinque lire che mi aveva anticipato nel prezzo del lavoro. Egli mi aiutò in tutti i modi, col danaro, con le raccomandazioni, cogli incoraggiamenti, ed anche, posso dirlo, colla sua amicizia. Mercè sua entrai in un'altra vita, nella vita operosa, lauta e onorata. Povero giovane! aveva il cuore pieno e l'espandeva! Un bel giorno la sua felicità si esaurì - egli aveva creduto che fosse inesauribile. - La sua amante era una gran dama, portava un bel nome, e cambiava spesso d'abiti e d'amiche intime. - Egli ebbe un duello, per una quistione di giuoco, con un capitano di cavalleria, e fu ucciso - il marito fece da secondo del capitano. - I suoi migliori amici gli diedero torto; dissero che egli spingeva le cose sino al romanticismo, che aveva mancato di delicatezza e di saper vivere, che l'avea ricompensata di tutti i sacrifici ch'ella gli avea fatti pel passato, e della felicità che gli avea regalato, compromettendola; che era ridicolo mostrarsi più geloso del marito. Egli pagò con la vita.

Perché ti ho narrato anche questo episodio estraneo al mio racconto? Tant'è, acciò serva a qualche cosa, ti dirò che, non so perché, pensai ad Eva che non era ricca, che non era gran dama, che non aveva un bel nome, e che era nella condizione di dover smungere borsa dai suoi amanti, come la gran dama smungeva i cuori dei suoi.

Io avevo vissuto vent'anni in dieci mesi, e mi sentivo forte, pieno di vita, di cuore, di memorie e d'immaginazione. Se non avessi tanto goduto e tanto sofferto credo che non avrei mai avuto tanta vigoria di mente e d'anima, tanta felicità di trasmettere nelle mie opere cotesta sovrabbondanza di vita. Avevo una bella riputazione, ero quasi ricco, e godevo la vita - io che avevo avuto l'anima piena di sogni luminosi e di aspirazioni ideali, e l'avevo ancora qualche volta! La contraddizione che c'era nella mia esistenza fra le passioni e i sentimenti, si rivelava nelle mie opere. Ero falso nell'arte com'ero fuori del vero nella vita - e il pubblico mi batteva le mani. Quegli applausi, delle volte, mi umiliavano agli occhi miei stessi, ma sovente mi ubbriacavano. Sembravami che andassi tentoni in cerca di non so che; mi sentivo isolato, e spesso ridicolo; avevo una menzogna per l'arte che avvilivo e per la società che ingannavo; mi inebbriavo di tutti i piaceri, e di tanto in tanto sentivo il bisogno di uscir fuori da quell'atmosfera come un nuotatore che annega. Non mi rimanevano che le passioni più sterili, e le arricchivo di tutte le esuberanze del mio cuore, poiché sentivo il bisogno di avere delle passioni ad ogni costo. Non credevo più nell'amore, dopo averne fatto lo sciagurato esperimento, e dopo aver veduto nelle braccia del grosso capitano di cavalleria quella donna per la quale il mio benefattore avea dato sorridendo i suoi venticinque anni, quella donna così elegante, così delicata, così poetica - e mi sbramavo nel capriccio. Non avevo un caldo sentimento religioso; il sentimento civile lo vedevo sciupato nelle lotte dei partiti, e intorbidato dalle dispute di giornali, rare volte convinti di aver ragione. Vivevo lontano dalla famiglia, in mezzo ad un mondo di usurai e di egoisti e di gaudenti; l'atmosfera era calda di effluvi giovanili. - Come vuoi che io potessi comprender l'arte in tali condizioni?... mettendomela sotto i piedi! Arrossivo delle mie illusioni di una volta, e per non ridere di me che mi ostinavo ancora a sognare in mezzo a tanti che tenevano gli occhi aperti, risi di quella buffonesca serietà, e di quella sordida preoccupazione generale. Risi del contegno ipocrita per nascondere il marcio, della frase elegantemente vaporosa che conteneva desideri volgari, del pudore del velo, e dell'innocenza dello sguardo.

Ero ricco di giovinezza, di gloria e di fiducia in me. Più di uno stivalino altiero, di quelli che avevo sognati, avea toccato per me il lastrico della via, e si era posato furtivo sul tappeto della mia scala. Più di un guanto profumato era stato dimenticato sul mio canapè. Ti giuro che i miei sogni valevano assai più della realtà! Ah! le mie duchesse di via Santo Spirito! Se avessi saputo che la scienza della vita dovea costarmi tante e sì care illusioni, io avrei preferito la miseria, l'oscurità e i miei castelli in aria. Non ti dirò di chi fosse il torto, anzi probabilmente era il mio, perch'ero sognatore, perch'ero ombroso e diffidente, perch'ero divenuto scettico, perché amavo da osservatore, e mettevo sempre del riserbo, direi della restrizione mentale, nelle espansioni del cuore. Quando nei trasporti amorosi non si mette lo stesso abbandono dalle due parti, una delle due è ridicola di certo - Non so quale.

Nei crocchi eleganti che frequentavo sentivo spesso parlare di Eva come si parla del miglior cavallo da corsa, dell'opera in voga, e della più bella pariglia. Era un'appendice necessaria a quella vita di lusso e di piaceri. Io avevo buttato dalla finestra le poche memorie che mi rimanessero di lei - i suoi nastri scoloriti, i suoi stivalini rotti, i suoi guanti scompagnati. - Avevo lasciato da molto tempo quella cameretta dov'ella aveva dormito tanti sonni - ed ora, a volte, sentivo un ardente desiderio di rivederla, d'incontrarla, di gettarle in faccia il lusso della mia felicità. - Non era più amore, ma era vanità. - Io non so quale dei due sentimenti sia più forte; certo spesso si scambiano l'uno per l'altro. Non l'avevo più vista. La dicevano bella come prima, elegante come un mazzo di fiori, e corteggiata come una regina. Molti entusiasmi giovanili si scaldavano parlando di cotesta donna che avevo visto attizzare il fuoco del mio camino; e non rammentai altro che la sua bellezza, la sua eleganza, e il suo sorriso - ricordi che mi montavano alla testa. - Ero dispettoso che la fosse così, e che sembrasse ancora così agli altri.

Una sera ero al Pagliano, in uno di quei palchetti dove è favore distinto essere ammesso, dove i numi dell'olimpo fiorentino si pigiavano come ad una mostra, per scambiare un sorriso o una stretta di mano, in faccia ad un pubblico di gelosi, con la dea del santuario. Io le sedevo accanto, e la dea mi largiva parole e sorrisi. Tutt'a un tratto la vidi aggrottare il sopracciglio, da vera dea, prendere l'occhialetto, e dirigerlo bruscamente su di un palchetto di faccia - era uno di quei gesti espressivi che usano le gran dame quando non vogliono scendere alla parola - ma siccome non mi curavo di seguire il capriccio di lei, così mi contentai di guardare quel braccio nudo, tanto bello ch'era pudico, e si nascondeva nel guanto sino a metà. Però l'osservazione di lei era così insistente che, senza volerlo, seguii la direzione di quell'occhialetto, e ne vidi un altro che gli rispondeva come una pistola da duellante. La dea si stancò per la prima, e distese mollemente il braccio sul velluto del parapetto. Allora anche l'altro occhialetto scomparve, e riconobbi Eva - Eva sfolgorante di tutta la sua bellezza, colle spalle e le braccia nude, i diamanti fra i capelli, i merletti sul seno, la giovinezza, il brio, l'amore negli occhi - anzi, la voluttà - e il sorriso inebbriante - il sorriso che faceva luccicare come perle i suoi denti.

«Chi c'è nel palco numero tre, in seconda fila?» domandò la dea con quell'accento inimitabile che hanno le dee quando parlano dei semplici mortali.
L'officioso più lesto e più fortunato rispose:
«Il conte Silvani.»
«È un pezzo che non si vede il conte!»
«È stato in Germania.»

«E ha preso moglie?»
«No.»
«Ah!»
Nel vestibolo incontrai di nuovo Eva di faccia a faccia. Ella mi lanciò di bruciapelo uno di quei tali sguardi, come se mi desse un pugno al cuore. La dea aveva un altro genere di sguardi, quelli della lente che vi tiene a distanza poiché l'occhio non vi vuol riconoscere, e domandò, con quel muto linguaggio, all'insolente che osava fissare gli occhi su di lei, come non rimanesse abbagliata da tanto splendore. Eva si contentò di sorridere, levando il capo per dire qualche parola al suo compagno, mentre si appoggiava al suo braccio con un raddoppiamento di leggiadra civetteria; - il conte era alto e le dava il vantaggio di levare il capo verso di lui per parlargli, vantaggio grandissimo per le donne che sanno farlo in un certo modo! - Lasciò anche scivolare la mantiglia sulle spalle, e mi pare che osservasse con la coda dell'occhio se io facessi attenzione a tutta cotesta manovra. Quelle due donne che non si conoscevano nemmeno, che non si sarebbero incontrate giammai, dovevano odiarsi cordialmente.

Io non potei dimenticare un momento quegli occhi che mi avevano dardeggiato, e che si erano volti sorridenti verso di me.

Un giorno all'improvviso Eva venne da me, leggiadra, pazzerella, sorridente come sempre, girando per tutte le stanze, toccando tutto, facendo frusciare gaiamente la sua veste sul tappeto, come se ci fossimo lasciati il giorno innanzi. Mi domandò se fossi in collera con lei, se avessi pensato a lei, se l'amassi ancora; mi disse che non mi aveva mai dimenticato, che era contenta di vedermi in quello stato, che era orgogliosa di avermi amato; mi disse cento cose seducenti come ella le sa dire, scaldandosi al fuoco, e sollevando la veste per posare i piedini sugli alari. È impossibile esprimerti tutto quello che c'era nelle sue parole, nel suo riso, nei suoi occhi e nei suoi gesti. Mi parlò del passato; mi domandò dei miei amori, e come amassi, e come fossi amato, e se amassi di più o in un altro modo, - e mi diede anche un bacio come mi avrebbe dato una stretta di mano. Poi, dopo ch'ebbe fatto ardere il mio sangue con quella grazia così calma e nello stesso tempo così spensierata, con quei suoi sguardi sorridenti come ad un fratello, col profumo del suo fazzoletto e coi tacchi degli stivalini, ella si alzò tranquillamente e mi stese la mano. - Se ne andava! erano le due, doveva andare dalla modista, dalla sarta, da

Marchesini, a fare un giro alle Cascine. Alle sei poi davano in tavola - mille ragioni inoppugnabili! Io chiusi la porta e le presi le mani; ella me le strappò, e si mise a correre per la stanza, ridendo, folleggiando come una bambina, e poi mi si abbandonò tutta tremante, collo stesso sorriso, con un movimento infantile e inebbriante.

«Matto! matto!» mi disse lisciandosi i capelli allo specchio. «Ed io più matta di te! A proposito, e la tua dea?»
«Quale dea?»
«Quella del Pagliano, la superbiosa. L'ami molto?»
«Punto.»
«Ti credo. Siete così orgogliosi entrambi! Dovete bisticciarvi sempre. L'amerai per vanità.»
«Sono troppo orgoglioso per avere di coteste vanità.»
«Come sei diventato!» e mi guardava tutta sorpresa, con cert'aria ingenua che possedeva ancora. «Dimmi come amano le gran dame» e annodava i nastri del cappellino.
«Come le piccole.»
«Adulatore! Ma io perdo il mio tempo con te! Addio.»
«Verrai a trovarmi?»
«No.»
«Verrò io?»
«No.»
«Come, no! Ma non capisci che ho bisogno di vederti!»
Ella mi guardò e scoppiò a ridere.
«Proprio?» mi disse.
«Come dell'aria per respirare!»
«Sei pur stato tanto tempo senza, e non sei morto!»
«Perché sei venuta dunque, maliarda? perché mi hai fatto ardere il sangue colle stesse febbri?...»
Ella mi guardò nello specchio, con quel sorriso! e mi disse:
«Ero gelosa!»
«Dunque mi ami!»
«No. Tu non capisci coteste gelosie di donna, tu! e sei un uomo di spirito! Andiamo, via, non più sciocchezze!» riprese con dolcezza dopo alcuni istanti, accarezzandomi la mano per rabbonirmi. «Ti voglio ancora del bene, ma bisogna essere ragionevoli. Non scherziamo più col fuoco!»
Ella seguitava ad accarezzarmi le mani, e vedendomi sempre accigliato soggiunse:

«Ti giuro che se avessi prevista cotesta nuova follia non sarei venuta!»
«Ah! non lo sapevi?»
«No! Mi pareva di trovarti più ragionevole.»
«Ma adesso che vedi come non lo sono, e che son più pazzo di prima, e che son geloso non del tuo cuore, ma del tuo corpo, e che un lembo della tua veste se mi tocca mi fa perder la testa, perché non seguitare, se non ad amarmi, almeno a lasciarti amare?»
Eva mi guardò in viso in modo singolare e mi disse tranquillamente:
«Perché ho più giudizio di te.»
«Non mi ami più?»
«No.»
«Perché sei venuta dunque? Dimmelo, maledetta! maledetta! Fu un capriccio?...»
«Sì... e se durasse sarebbe una follia... per te, e per me.»
Allora io andai all'uscio, senza far motto, e l'apersi.
«Senza rancore!» diss'ella stendendomi la mano.
E lasciandola cadere dopo aver aspettato inutilmente soggiunse:
«È pure una gran disgrazia che siate fatto così.»
Uscì stringendosi nella veste per non toccarmi. Io corsi a nascondere il viso e le lagrime nei guanciali ancora odorosi del profumo dei suoi capelli.

Quelle due ore avevano gettato sul mio cuore il soffio ardente delle tempeste del passato. Io l'adoravo, sì, l'adoravo così com'era, l'adoravo perch'era così! Avevo il desiderio frenetico dei suoi guanti che si lasciava strappare e lacerare ridendo, e dei suoi stivalini di cui la seta strideva fra le mie mani.
Feci mille pazzie per lei, la cercai, implorai, piansi, passai le notti sotto le sue finestre, vidi l'ombra di lei accanto all'ombra di un uomo dietro le cortine, seguii di notte la sua carrozza per le vie e vidi il suo capo sull'omero di lui. - Ella mi ravvisò, e chiuse le imposte o si tirò vivamente indietro, o volse il capo dall'altra parte. - Sirena! maliarda! che mi aveva inebbriato coll'amore, ed ora mi intossicava con la gelosia! Le scrissi; le scrissi umile, delirante, minaccioso. Ella mi rimandò le mie lettere con un sol motto: " Una follia non si fa due volte o diventa sciocchezza ". - Una sera la rividi in teatro; ella non mi gettò che un'occhiata dal suo palchetto - a me che divoravo la sua bellezza con tutti i sensi e ne ero geloso! La vidi uscire raggiante, superba, colla testa alta, il cappuccio sugli occhi, e il braccio nudo appoggiato a quello di lui. Io feci stridere la seta della sua veste

imprigionata sotto al mio piede; ella si volse vivamente e mi gettò in faccia un'occhiata di collera, forse senza riconoscermi.

E così la seguo da mesi, con questo acre desiderio di lei ch'è memoria e gelosia mischiate insieme; e cerco di vederla; e frequento i luoghi dove spero incontrarla; e la riconosco al portamento, al posare del piede, al muover della testa; e stasera la riconobbi subito appena la vidi, sebbene mascherata, e quando potei farla parlare ed accertarmi ch'era proprio lei non la lasciai più, da lontano o da vicino, e so quel che ha fatto, quel che farà, l'ora in cui la carrozza verrà a prenderla, e poco fa, mentre era seduta nel ridotto, nel momento in cui vidi allontanare il conte per andare a comprarle dei dolci, sedetti accanto a lei e mi tolsi la maschera.

«Voi!» esclamò. «Ancora!»

«Sì! non tentate di sfuggirmi; voglio il tuo amore!»

«Siete pazzo!» mi disse, gettandomi in faccia la doccia fredda della sua calma.

«E voi senza cuore!»

«Io! che vi ho sacrificato dieci mesi della mia giovinezza, i più belli! che vi ho sacrificato la mia carriera, e che avete messo alla porta quasi in cenci!»

«Ah! e volete vendicarvi!...»

«No, ve lo giuro. Non sono in collera con voi. Non lo sarei che ove vi ostinaste in questa follia. Noi ci siamo trastullati con una cosa pericolosa, abbiamo preso sul serio il romanzo del cuore; ecco il nostro torto, perché anch'io ci ho creduto per un istante. Ma non siamo abbastanza ricchi per permetterci questo lusso.»

«Non credete all'amore?» le dissi insolentemente. «non ci credete più?»

«Oh, tutt'altro! È il ferro del mestiere. Ma credo a quello degli altri. Anche voi dovete crederci, ma in tutt'altro modo, per scaldare la vostra fantasia e farne risultare dei bei quadri che vi frutteranno onori e quattrini.»

«Oh, è un'infamia!»

Ella si drizzò come una duchessa cui si fosse mancato di rispetto e mi disse seccamente:

«Me l'avete insegnata voi! Ora andatevene, ché viene il conte.»

«Oh! tanto meglio! Voglio conoscerlo questo felice mortale che vi paga i baci e le menzogne!»

«Ah!» esclamò con un sorriso che non avevo mai visto in lei «mi ricompensate così! Ma guardatevi! che il conte, oltre il pagarmi tutto questo, regala anche dei famosi colpi di spada!»

«Pel nome di Dio!» mormorai ebbro di collera e di gelosia, «che egli non ti pagherà più nulla, e domani sarai sulla strada se non vorrai venire a chiedermi ospitalità!»

«Tu sai che ho scommesso!» finì Enrico guardandomi con occhi sfavillanti.

Enrico si passò la mano sugli occhi, per scacciarne la frenesia che vi lampeggiava, e riprese dopo alcuni istanti di silenzio:

«Sono pazzo! lo so anch'io! Ma la ragione mi è insopportabile. Non ho più fede nell'arte, nella vita, di cui posso contare i giorni che ancora mi rimangono, nell'amore... e son geloso!...»

«Hai visto le sue braccia nude?» mi domandò dopo un istante con voce rauca, come se parlasse in sogno.

«Ma la tua famiglia?» gli dissi.

Non rispose. Poscia, dopo un lungo silenzio e asciugandosi gli occhi.

«È il solo dolore che mi rimanga!»

«Potrebbe anche essere un conforto, e tale da compensarti ampiamente.»

Enrico mi rise in faccia con un'ironia quasi insolente.

«Mio caro, i sentimenti puri non sono che per le anime pure. Che cosa porterei in mezzo alla mia famiglia che ha sacrificato tutto al mio egoismo?... i miei infami sogni? i miei sozzi desideri? i miei disinganni colpevoli? Grazie a Dio, non sono arrivato così in basso da non comprendere che morrei di vergogna pensando ad Eva, nelle braccia di mia madre, e che profanerei vilmente le labbra di mia sorella, coi baci che ho dato a quella donna!»

Si alzò bruscamente, come se temesse qualche altra osservazione.

«Fra mezz'ora,» mi disse, «al buffet; il conte vi ha dato appuntamento ad un suo amico che parte per Parigi col primo treno. Sono le quattro; hanno ordinato la carrozza per le cinque; sono certo di non mancare.»

Mi toccò appena la mano, ed uscì.

Egli mi aveva rovesciata addosso quella narrazione come una valanga, tutta di un fiato, quasi fosse stato uno sfogo supremo e disperato, con parole rotte, con frasi smozzicate, con accenti che solo il cuore sa metter fuori, e cui solo lo sguardo sa dare un significato. Io non potrei accennare la millesima parte dell'impressione che faceva quella

dolorosa frenesia, irrompente, concitata e febbrile di un uomo col piede diggià nella fossa, che gemeva, si contorceva ed urlava nel suono della voce, nel tremito delle labbra, nelle lagrime degli occhi, mentre la folla delle maschere urlava anch'essa ebbra di vino e di musica rimbombante. Tutto ciò mi saliva alla testa, mi ubbriacava. Ero rimasto attonito, quasi annichilito dinanzi a quella tempesta del cuore, come dinanzi ad una tempesta degli elementi. Uscii dal palco dopo di Enrico, e lo cercai inutilmente pei corridoi, in platea, sul palcoscenico, da per tutto. Dov'era andato?
Vidi l'elegante coppia che aveva attirati tutti gli sguardi dirigersi verso il buffet, e la seguii. Quella strana avventura mi aveva gettato in una singolare preoccupazione. Il trovatore si tolse la maschera; era veramente il conte Silvani, bel giovane, ricco, prodigo, coraggioso. Era l'ora in cui la stanchezza, o il caldo, o il vino, o la follia, fanno cadere tutte le maschere, ed anche Eva si tolse la sua. Aveva il viso rosso, volse in giro un'occhiata quasi timida; poi si assise di faccia al suo compagno. Lo sciampagna spumeggiava nei bicchieri, gli occhi brillavano, e l'eguaglianza sociale regnava in un modo che mai democrazia al mondo ha sognato possibile. A poco a poco vidi radunarsi nella sala tutti quei giovanotti che si erano trovati impegnati, senza saper come, in quella bizzarra scommessa. Si guardavano attorno con curiosità, sorridevano, e si parlavano a bassa voce. Di quando in quando Eva volgeva uno sguardo sulla folla che andava e veniva dall'uscio, e poi tornava a ridere e a parlare col conte. La mezz'ora suonava. Io tenevo gli occhi fissi su di Eva, e tutt'a un tratto la vidi impallidire lievemente, chinarsi all'orecchio del conte e dirgli qualche parola; questi sorrise e accennò negativamente; prese il bicchiere di lei, e lo riempì di sciampagna. Seguii la direzione degli occhi della donna, straordinariamente spalancati, e vidi Enrico, che si teneva sulla soglia, senza maschera, con certa faccia pallida di malaugurio che gli dava l'aspetto di un cadavere. Non so perché - non conoscevo, direi, costui che da due ore - ma il cuore mi batté forte. Infatti vi dovea essere veramente qualcosa di straordinario nel suo aspetto, poiché tutti lo guardarono in un certo modo come di sorpresa. Anche il conte si volse a guardarlo, vedendo che tutti lo guardavano, e sorrise.
«Tò! ancora quell'originale!»
Enrico gli si avvicinò con tutta calma, e si tolse il berretto con comica serietà.
«Ti diverti?» gli disse sorridendo il conte per dire qualche cosa,

67

giacché quel saluto gli avea tirato addosso l'attenzione generale.
«Si! in fede mia, si! quando ti vedo mi diverto.»
«Mi conosci?»
«Diavolo! Chi non ti conosce!»
«Bevi alla mia salute, dunque», gli disse porgendogli il bicchiere spumeggiante.
«In coscienza non posso; ché tu stai molto male!»
«Ah! ah! una delle solite facezie!» sghignazzò il conte rivolto ad Eva. «Adesso ci dirà i nostri segreti!»
Io guardai Eva e la vidi pallida come cera.
«Oh! oh!» rispose Enrico ridendo come avrebbe potuto ridere uno spettro se gli spettri potessero ridere; «il segreto di pulcinella!»
Il conte sembrò imbarazzato per un istante; ma non era uomo da darsi per vinto alla prima, e replicò: «Sapevo la tua risposta: è vecchia come il tuo travestimento.»
«Da arlecchino d'onore, no! Anzi, per provarti che non sono un ciarlatano, ti dirò quelli di lei» e accennò ad Eva. «Non i segreti del suo cuore, poiché non ne ha; ma posso dirti quelli della sua vita.»
Eva fece un movimento per alzarsi, quasi avesse perduta la testa, e agitò due o tre volte le labbra pallide senza poter parlare. Attorno a quel gruppo si era formato un cerchio di curiosi, di cui il centro era occupato da quei due uomini che sorridevano. Ci fu un istante di silenzio. Evidentemente il conte avrebbe fatto a meno di quella lotta di frizzi, ma come trarsi indietro? Enrico gli sorrideva sempre, col suo viso cadaverico e gli occhi luccicanti come quelli di un fantasma.
«Ah! davvero? E come lo sai?» disse il conte con uno sforzo d'audacia, perché era imbarazzato egli medesimo del suo silenzio.
Enrico appoggiò ambe le mani sul marmo del tavolino, si chinò verso di lui sin quasi a soffiargli in faccia le parole, e rispose lentamente:
«Lo so, perché sono stato l'amante della tua amante.»
Nell'occhio del conte passò un lampo, e le sue labbra si contrassero sforzandosi di sorridere ancora. Sembrò ondeggiare un istante sul partito da prendere, e istintivamente volse attorno uno sguardo furtivo e lo fermò su di Eva. Ella era pallidissima, avea le labbra livide e l'occhio smarrito quasi stesse per svenire. Tutti quegli occhi che si fissavano sul conte sembrarono raddoppiare il sangue freddo di lui. Egli esitò un solo momento; poi alzò il bicchiere ricolmo all'altezza del naso di Enrico ed esclamò:
«Alla salute dei tuoi amori passati dunque!» e vuotò il bicchiere d'un fiato.

Ci fu uno scoppio di applausi.
«Bravo!» disse anche Enrico. «Sei un uomo di spirito!»
«Grazie!»
«Io lo sapevo, e perciò ho fatto la scommessa.»
«Davvero?»
«Sì, ho scommesso che avrei dato un bacio alla tua amante, e che tu non l'avresti avuta a male.»
«Eh, caro mio! Scommessa arrischiata!» rispose il conte che cominciava a farsi serio.
«Ohibò! Sei un uomo ammodo! Guarda!...»
E senza precipitazione, con quella calma che non l'aveva abbandonato un solo istante, si chinò su di Eva, la quale era quasi fuori di sé, e non si aspettava certamente quell'eccesso di follia, e la baciò sulla guancia.
Il conte si rizzò come un fulmine, e gli applicò un sonoro schiaffo.
«Oh, oh» esclamò Enrico senza scomporsi, sorridendo ancora del suo lugubre riso, e passandosi la manica sulla guancia rossa. «Vedi che avevo ragione di non bere alla tua salute.»

Le condizioni del duello furono stabilite quasi subito fra due amici del conte e due dei giovanotti che avevano impegnato la scommessa con Enrico. Silvani era partito. Io accompagnai il mio amico che sembrava diventato un altro, indifferente a tutto, anzi un po' inebetito come quando girava fra la calca del veglione. I suoi occhi luccicavano da pazzo: era la sola manifestazione di quello che dovea chiudersi in petto. Passando attraverso la ridda frenetica dei ballerini e delle maschere sorrideva in modo strano; e un momento si fermò a guardare come uno sfaccendato che si balocca con la sua spensieratezza. - Quella musica, quell'allegria scapigliata e quell'uomo che guardava sorridendo, mi stringevano il cuore. Allorché fummo in carrozza, m'accorsi che Enrico tremava come chi è colto da febbre. Volli dargli il mio paletò; lo rifiutò.
«Non occorre;» mi disse, «fa caldo.»
«Hai la febbre!»
«Lo so. Son parecchi mesi che l'ho tutte le sere... Passerà.»
E rideva.
Era ancora buio. Nella notte era caduta molta neve che imbiancava le strade e i tetti sicché la carrozza vi correva sopra senza far rumore, come se facessimo un viaggio fantastico. Lasciammo il legno al piazzale delle Cascine, e ci mettemmo a piedi per un lungo viale.

L'aria era frizzante; i primi chiarori dell'alba imbiancavano debolmente il cielo attraverso l'incrociarsi dei rami inargentati dalla neve; una sfumatura opalina si disegnava in fondo al viale sull'orizzonte, e il viale stesso appariva come una lunga striscia candida su cui risaltava, ad una certa distanza, un'ombra indistinta che si avvicinava senza far rumore, facendo tremolare due fiammelle rossigne ai due lati.

L'alba si era fatta più chiara quando il conte e i suoi testimoni ci raggiunsero. Erano avvolti nei loro mantelli e avevano il sigaro in bocca. Ci fu uno scambio generale di saluti fatti in silenzio. Quei due uomini si guardarono senza batter ciglio, quasi non si fossero conosciuti mai.

Gli uccelli cominciavano a pispigliare, e un raggio indorato corse come una freccia sui rami più alti. Il conte accese un'altra sigaretta mentre si compivano le formalità preliminari, ed uno dei testimoni alzò il naso verso il cielo dicendo:

«Sarà una bella giornata.»

Poscia tutti i sigari si spensero, e tutti i volti assunsero la maschera di circostanza.

Enrico si tolse l'abito e lo piegò accuratamente; vi sovrappose il cappello, rimboccò le maniche della camicia sino al gomito, prese la spada che gli presentavano, la piegò in tutti i sensi sulla punta del piede, e frustò l'aria con essa. Successe un istante di silenzio. Poi si udì una voce:

«A voi, signori!».

E le due lame scintillarono.

Ho ancora dinanzi agli occhi quel triste spettacolo.

Enrico avea la guardia un po' spavalda, ma ferma come il bronzo, che gli spagnoli ci hanno lasciato a noi del mezzogiorno; sembrava tutto d'un pezzo dalla punta della spada alla punta del piede, e parava con un semplice movimento del pugno. Il conte era bravo spadaccino, snello, agile, nervoso; la spada gli guizzava fra le mani come un baleno, cavando e ricavando colla rapidità di un mulinello; si raccorciava, si nascondeva quasi sul fianco, e vibravasi improvvisamente come un giavellotto a spuntarsi su quei pochi centimetri di coccia, dietro alla quale Enrico riparavasi come dietro ad uno scudo che coprisse tutta la sua persona.

Dopo alcuni istanti il conte ruppe di un passo, e si rimise in guardia come per vedere con chi avesse a che fare. Due o tre minuti rimasero immobili, con il ferro sul ferro, gli occhi negli occhi, l'odio che si

scontrava con l'odio.
Enrico ritirò la sua spada facendola strisciare lento lento su quella dell'avversario con un movimento felino. Parve che un fremito si fosse comunicato dal suo ferro a tutto il suo corpo, ed assaltò bruscamente. A un tratto si piegò come un arco colla rapidità del lampo, ed io che gli stavo alle spalle vidi luccicare la punta della spada nemica dall'altra parte del suo petto.
«Alto!» gridarono i secondi, mettendo la spada fra i duellanti.
«Non è nulla!» disse Enrico scoprendosi il petto. «È una scalfittura.»
Il ferro però aveva fatto quel che avea potuto, e aveva portato via quello che aveva incontrato. Una striscia di carne lacerata solcava il petto di Enrico e la camicia, ch'era stata meno lesta di lui, era stata bucata netta.
Il chirurgo - un nostro carissimo amico, molto conosciuto a Mentana come il 'Dottore dal cappello bianco' - esaminò la ferita; era infatti orribile a vedersi, ma non era grave, e quei signori potevano ancora seguitare a bucarsi la pelle.
«Diavolo!» esclamò Enrico. «Non credevo che ci fosse ancora tanta carne nelle mia ossa.»
Il dottore voleva fasciargli la ferita. «No,» egli rispose; «il signore ha diritto di aver nudo il suo bersaglio.»
Il conte s'inchinò.
Non c'era che dire, quei due bravi giovanotti si scannavano da perfetti gentiluomini.
Tornarono a mettersi in guardia; ma stavolta erano pallidi entrambi di un pallore sinistro. Lo scherzo di buona società cominciava a farsi serio. Enrico sentiva al certo che non aveva tempo da perdere, perché il sangue gli scorreva fra le dita della mano che si teneva sulla ferita, e la mano e la camicia gli si erano fatte rosse. Si vedeva una terribile tensione in tutta la sua persona, nell'occhio intento, nei movimenti nervosi, nel garretto saldo, nel corpo piegato all'indietro: sembrava una molla d'acciaio che stia per scattare. Il conte l'assaliva colla furia di chi capisce d'avere a che fare con un temibile avversario, e sente di dover uccidere per non essere ucciso. Tutt'a un tratto si vide una striscia di luce correre e serpeggiare come una biscia sulla spada del conte, Enrico andare a fondo tutto d'un pezzo, e saltare indietro levando in alto la spada.
Il conte portò vivamente la sinistra sul petto, stralunò gli occhi, abbandonò la guardia e si appoggiò un'istante alla spada che si piegò sotto il suo peso; poscia barcollò e cadde su un ginocchio.

Tutti si precipitarono su di lui. Enrico si fece ancora più pallido, e lo guardò cogli occhi di un mentecatto.

Il 'Dottore dal cappello bianco' s'inginocchiò presso del conte, mentre uno dei suoi secondi gli teneva il capo sui ginocchi, e gli aprì la camicia.

La ferita non doveva essere grave; era appena visibile, fra la terza e la quarta costola, e mandava pochissimo sangue. Sembrava davvero una cosa da nulla. Il dottore non ebbe bisogno che di una sola occhiata, per ordinare, con quell'accento che hanno soltanto i medici in certe occasioni, rialzandosi bruscamente: «La carrozza! presto, la carrozza!»

Passarono alcuni mesi senza che io più rivedessi Enrico Lanti. Ero tornato in Sicilia, ma non ne avevo avuto più notizia. Un mattino, verso gli ultimi di ottobre, mi fu recapitata da un contadino una lettera urgente in Sant'Agata-li-Battiati, ove mi trovavo.

Il carattere di quella lettera che veniva a cercarmi con urgenza mi era assolutamente sconosciuto, e sembrava tracciato con mano tremante. Però non ci volle molto per correre alla firma, giacché la lettera era brevissima; era di Enrico Lanti e diceva:

" Amico mio, vorrei vederti, e siccome me ne rimane pochissimo tempo ti prego di affrettarti, se vuoi rendermi quest'ultimo servigio. "

Mi misi in viaggio immediatamente, facendomi guidare dal contadino che aveva recato la lettera.

Fuori Aci Sant'Antonio, dopo un cinque minuti di corsa per quella bella strada che svolge agli occhi del viandante l'incantevole panorama della vallata di Aci, tutta seminata di ville e di villaggi, fra le vigne e i boschi di aranci, sino al mare, la mia guida mi additò una casetta elevata su di un ciglione. Bisognò lasciare la carrozza e metterci per una viottola attraverso i campi.

Alla svolta del sentiero mi si presentò la casa ridente ed ariosa, ornata di viti e di rosai, con una bella spianata sul davanti, e due magnifici castagni che le facevano ombra.

Sotto un di quegli alberi c'era una poltrona colla spalliera appoggiata al tronco; un mucchio di guanciali le dava l'aspetto doloroso che hanno le poltrone degli infermi. Vidi una scarna e pallida figura quasi sepolta fra quei guanciali, e accanto alla poltrona un'altra figura canuta e veneranda - la madre accanto al figliuolo che moriva.

Corsi a lui con una commozione che non sapevo padroneggiare. Com'egli mi vide mi sorrise di quel riso così dolce degli infermi, e fece un movimento per levarsi.

Si vedeva diggià il cadavere: il naso affilato, le labbra sottili e pallide, l'occhio incavernato.
Lo tenni stretto fra le mie braccia, ed egli mi baciò più volte; quel bacio era caldo di febbre; tutta la sua epidermide era riarsa, e l'anelito frequente ed affannoso gli si sprigionava dal petto con un sibilo.
Sedetti di faccia a lui. Egli non volle abbandonare le mie mani, e cercava di sorridermi ancora quantunque dovesse molto soffrire, a giudicarne dalla contrazione dei suoi lineamenti, che di tratto in tratto non poteva dissimulare.
«Grazie!» mi disse tutto commosso. «Tu almeno non mi hai dimenticato!»
Tacque subito, sopraffatto da un violento scoppio di tosse, che, ahimé!, non ebbe neanche la forza di prorompere, ma si contentò di lacerare quel povero petto, facendolo sobbalzare convulsivamente. Poi si abbandonò sui cuscini cogli occhi chiusi, sfinito. Quali occhi! Le palpebre nerastre si affondavano nell'occhiaia incavata, e quando si riaprivano scoprivano qualche cosa che parlava dell'altro mondo. Nell'impeto della tosse tutto quel poco sangue che gli rimaneva sembrava correre, con rossori fuggitivi, sulla mortale pallidezza delle gote; poscia quella pallidezza si faceva più mortale ancora. La madre teneva abbracciati i cuscini dove si perdeva quasi il corpo del figlio, e guardava quelle sembianze adorate, ove la morte sbatteva diggià la sua livida ala, con l'occhio asciutto, quasi il cuore avesse bevuto tutte le sue lagrime.
Feci un movimento per alzarmi. Egli che possedeva la squisita percezione di tutto ciò che si faceva vicino a lui, come l'hanno i moribondi di quel male, mi strinse le mani, senza riaprir gli occhi, e mi fece cenno di non muovermi.
Dopo qualche secondo volse lentamente il capo, e fissò un lungo sguardo negli occhi di sua madre. Negli occhi della madre e in quelli del figlio non c'erano lagrime: c'era un silenzio che spezzava il cuore.
«Mamma!» disse Enrico, e la sua voce fioca vibrava come una carezza in quella dolce parola. «Ecco il mio amico. Tu gli vuoi bene, non è vero?»
La povera donna mi stese la mano, ed io la baciai religiosamente.
«Dove sono gli altri?» domandò Enrico con la curiosità inquieta, particolare al suo stato.
«Tuo padre è andato ad accompagnare il medico, e l'Agatina è andata a coglierti una manata di gelsomini che ti piacciono tanto.»
«Il medico!...» mormorò il moribondo con accento che stringeva il

cuore.
Nessuno di noi ebbe il coraggio di rispondere.
«Ti ho disturbato forse?» mi domandò dopo alcuni istanti.
«Oh, no!»
«Avevo bisogno di vederti... e di parlarti.»
Mi fissò col suo sguardo espressivo e lucidissimo, e soggiunse:
«Noi non fummo mai intimi; ma ci siamo incontrati in una tal epoca della mia vita che mi pare di non avere altri amici che te. Eppoi» e sorrise dolorosamente «ho diritto alla tua indulgenza... come tutti quelli che se ne vanno verso quelli che rimangono...»
«Enrico!» esclamai stringendogli le mani con dolce rimprovero, e rivolgendo involontariamente uno sguardo alla madre di lui.
Anch'egli rivolse su di lei quegli occhi che dopo alcuni secondi di angosciosa contemplazione gli si riempirono di lagrime.
«Mamma!» le disse dopo una qualche esitazione, «non vorresti dire all'Agatina di fare anche un mazzolino pel nostro amico?»
La povera madre si levò in silenzio, e si allontanò.
Rimasti soli ci guardammo senza aprir bocca. Nessuno di noi due trovava la prima parola, e quel suo sguardo mi trafiggeva il cuore.
«Io muoio!...» diss'egli finalmente, con un accento che non potrò mai dimenticare. «Lo vedi!...»
Non potei frenare le lagrime, e gli strinsi la mano con forza.
«Coraggio, povero amico mio!»
«Credi dunque che mi rincresca di morire?... Io non avrei bisogno di coraggio... se non fosse per quei poveri vecchi che mi spezzano il cuore!»
I suoi occhi, dove soltanto sembrava essersi raccolta la vita, luccicavano di lagrime, mentre li volgeva su tanto sorriso di cielo, su tanto azzurro di mare, su tanto verde di giardini che gli stava attorno. Il suo cuore d'artista, che possedeva la squisita suscettibilità d'idealizzare quelle impressioni dei sensi, doveva grondar sangue parlando di morte fra tante ricchezze di vita. Non ebbe più a lungo la forza di dissimulare l'angoscia che doveva lacerarlo a quelle parole, e mormorò con un sospiro a stento represso:
«Com'è bello tutto ciò!... Io solo posso sentirlo in quest'ora...»
Rimanemmo qualche tempo in silenzio.
«L'hai veduta?» mi domandò tutt'a un tratto, come se non ci vedessimo soltanto da pochi giorni, o come se seguitasse un discorso incominciato.
«No!» risposi con ripugnanza, poiché il ricordo di tal donna mi pareva

una profanazione in quel momento.
Egli capì, e sorrise ironicamente.
«Ah! voi altri puritani!... come siete sciocchi!»
Aprì la camicia sul petto per cercarvi un pacchetto di carte. Le ossa sembravano forargli la pelle gialla e arida come cartapecora.
«Guardala!» mi disse trionfante, svolgendo da quelle carte una piccola miniatura, «e dimmi se il vostro puritanismo vale il suo sorriso!»
Quel disgraziato, diggià per tre quarti cadavere, faceva un ultimo sforzo onde delirare per quella donna che gli sorrideva ancora nel ritratto, e che non si ricordava più di averlo amato.
«Quando sarai al punto in cui sono,» mi disse Enrico, «o quando sarai vecchio, il che è peggio, maledirai la tua saviezza che ti ha fatto insensibile alla luce, ai profumi, alle dolcezze della giovinezza!...» E c'era tanto calore nel paradosso di quel moribondo che lo rendeva, direi, solenne.
«Oh, povero amico mio! Interroga la tua coscienza, interrogala senza rimpianti e senza collera, e non dirai più così.»
«Che m'importa!» saltò su Enrico con tal impeto quasi un serpe l'avesse morsicato. «Che m'importa della coscienza, e di tutti quei fantasmi che voi altri avete creato a furia di paroloni! Che m'importa del vero e del falso!... Ho tempo di perderci la testa, io?... e neanche voi altri ce l'avete... voi che m'isterilite il cuore mentre la giovinezza fugge come un lampo! Tu, vedi, sei giovane, sano, forte... tu mi guardi forse con maggior sorpresa che compassione, e domandi a te stesso come mai sia possibile che la vitalità che senti in te rigogliosa e robusta possa giungere a tanta miseria di deperimento... Eppure, vedi! Tutta cotesta robustezza, tutta cotesta forza... un soffio... e se ne vanno!... E l'uomo... l'uomo che sente dentro di sé ancora tutto questo inesplicabile mistero di desideri, di speranze, di gioie e di dolori, che la malattia non ha né indebolito, né ucciso, l'uomo che lo sente più forte e tumultuoso per quanto più infiacchiscono le sue forze, domanderà a se stesso, come te, cosa sia dunque questa vita, e questa incognita che chiamano cuore!... Chi lo può dire?... Nessuno. E se nessuno lo sa, chi può dargli torto o ragione?»
Tacque anelante, rifinito al pari di un uomo che abbia fatto una lunga corsa; e dopo un triste silenzio ripigliò con esaltazione morbosa:
«Ho visto tante mostruosità rispettate, tante bassezze cui si fa di cappello, tante contraddizioni di quello che chiamate senso morale, che non so più dove stia la verità. Tu che mi parli di gioie false dimmi quali sieno le vere: quelle che costano più lagrime, o quelle che

lasciano più rimorsi? - O perché rimorsi? – Qual è l'amor vero, quello che muore, o quello che uccide? - E qual è la donna più degna di amore, la più casta, o la più seducente? - dov'è l'infamia? nella donna che ama per vivere, o nell'uomo che vive per godere? - o che tiene il sacco dell'adulterio colla complicità del silenzio - o che gli s'inchina quando lo vede passare in carrozza? Chi sentenzia del bene e del male? Il mondo! Che cos'è? Quali sono i suoi diritti? - e non mentisce? - e non s'inganna? - e non è ipocrita? o non ha altra scienza che quella di negare? - e quell'altra di biasimare?»
Si arrestava di quando in quando, e agitava la testa sul cuscino come se i pensieri che gli martellavano il cervello non potessero più irrompere. La parola gli usciva rotta, a sibili, a rantoli.
Era uno spettacolo straziante.
«I pazzi son più felici di voi» e ripeté due o tre volte questa frase. «Se vivete di menzogne, se non avete di certo che le illusioni, perché le maledite quando son belle?... Voi altri savi... che vi affannate dietro ad illusioni che non raggiungerete giammai... o che sconfesserete quando le avrete raggiunte, chiamate pazzo colui che si vive beato nelle sue illusioni!... il pazzo come vi chiamerà, voi altri savi?»
«E l'arte...» soggiunse dopo poco, «Menzogna anch'essa!... Menzogna... o illusione!»
Dopo coteste parole stette a lungo in silenzio, cogli occhi chiusi come se la vita l'avesse abbandonato intieramente. Era un lugubre silenzio. Poscia fissandomi in volto uno sguardo relativamente calmo, e dove c'era una tinta di sorpresa:
«È strano!» mormorò; «mi pareva che avessi bisogno di parlare di lei... e che tu mi dicessi che ella ti ha parlato di me... Ora non lo desidero più... Ho pensato ad Eva... e alla mia giovinezza... e le ho vedute lontan lontano... Sarà perché sono stanco!»
E dopo un silenzio:
«Posso contare le ore che mi restano di vita, posso dire: Domani... fra due giorni... quando quel bel sole farà scintillare l'immensa pianura d'acqua che si stende laggiù, e colorirà del suo bell'azzurro questo cielo... quando lo stesso albero getterà la stessa ombra sulla mia povera casa, e quegli uccelli schiamazzeranno fra le foglie... io sarò morto... non vedrò e non sentirò più nulla... nemmeno i pianti desolati dei miei genitori che mi chiameranno... Che rimarrà di me? di tutta cotesta confusione di pensiero che sento in così fragile involucro?... Non lo so! nessuno me lo sa dire! Ciò è ben triste!... Non è vero?»

Volse gli occhi lentamente, con stanchezza, su tutto l'orizzonte che lo circondava, e con una certa inesprimibile amarezza:
«La vita!...» mormorò chiudendo gli occhi di nuovo, come se quella vista l'affaticasse, o gli lacerasse l'anima, e dopo una lunga esitazione: «Sì! sì... c'è qualche cosa di vero nell'arte!...»
Il dolore m'opprimeva. Non sapevo far altro che stringere fra le mie quelle povere mani scarne.
«Tu non muori, tu!» mi disse egli con una sublime e lacerante ingenuità «e forse la vedrai! Prendi» soggiunse dopo qualche secondo d'esitazione consegnandomi quel pacchetto che non aveva abbandonato. «Se mai la rivedrai un giorno... se si rammenterà di me... dagliele... Se no... fanne quello che vuoi... bruciale... Domani forse sarò morto, e mia madre, e mia sorella... non devono vederle...»
Ed esitò ancora lungamente prima di darmi il ritratto. In questo momento si udirono le voci dei suoi parenti che si avvicinavano.
«Maledetta!» esclamò trasalendo e buttando il ritratto per terra. «Maledetta! Menzogna infame che mi hai rubato la felicità vera! Maledetta! E maledetta anche te, arte bugiarda che c'inebbrii con tutte le follie! Maledetta!»
Un accesso di tosse sembrò soffocarlo; il corpo era troppo debole; ma lo spasimo lo faceva sollevare sulla poltrona, agitando le braccia smaniosamente; e tentava quasi colle mani contratte di strapparsi dalla bocca e dal petto quel dolore insoffribile. In quel momento temei sul serio che mi morisse tra le braccia.
Allorché sopraggiunsero i suoi parenti era abbandonato sui cuscini, con un soffio di vita sulle labbra, cogli occhi fissi e le lagrime che gli rigavano le guance.
Qual più doloroso spettacolo di persone che si adoperano, che hanno la terribile certezza di doversi separare per sempre, che hanno il cuore a brani pel dolore, e che devono nascondersi reciprocamente! Nella madre quel dolore era sovrumano, ma rassegnato, quasi sacro; nel padre era cupo e profondo; nell'ingenua e candida giovinetta era meno dissimulato, ma anche meno vivo, forse perché a quell'età non si crede giammai interamente alla sventura.
«Eccoti i tuoi gelsomini, Enrico!» diss'ella scuotendo il suo grembialino sulle ginocchia del fratello. «Ed ecco per lei...» aggiunse arrossendo con un grazioso sorriso e inchinandosi con bel garbo.
La ringraziai, commosso al vivo. Il desolato genitore venne a stringermi la mano.
Vidi la madre che si chinava sui cuscini del figliuolo e gli diceva

qualche parola all'orecchio. Dal triste sorriso con cui il figlio rispose indovinai che gli aveva domandato come si sentisse - quella dolorosa domanda che si ripete più spesso quanto minori sono le speranze di avere una risposta rassicurante. Il padre che aveva lasciato il medico pochi momenti prima, non ebbe il coraggio di domandargli.

Lo sguardo intelligente del moribondo si affissava con indefinibile espressione sui suoi cari, come se volesse saziarsi della felicità di vederseli accanto mentre sentiva l'angoscia di allontanarsene sempre più ogni secondo.

«Perché mi lasci così spesso?» diss'egli al padre con accento che spezzava il cuore, stendendogli la mano che ricadde senza forza.

«Accompagnai il dottore, figliuol mio...» rispose il povero vecchio facendo sforzi sovrumani per dissimulare le sue lagrime.

«Ah!... il dottore!...» esclamò l'ammalato stringendosi nelle spalle. Nessuno osò aprir bocca.

Mi alzai, poiché non mi sentivo le forze di assistere più a lungo a quello spettacolo, e perché mi sembrava di dover rispettare il pudore di quelle angosce.

«Te ne vai diggià?» diss'egli stendendomi la mano.

«Sì.»

«Verrai domani?»

«Verrò.»

Credeva ancora al domani!

«Domani!...» esclamò quindi tristamente. «Chi lo sa?... Ad gni modo,» soggiunse stringendomi le mani, «baciamoci... come due amici che si lasciano per lungo tempo...»

Quel bacio caldo, in cui si sentiva già l'anelito del moribondo, mi trafisse il cuore. Egli mi seguì con quello sguardo che strappava le lagrime finché svoltai l'angolo della viottola.

Il padre suo insisteva per accompagnarmi sino allo stradale. Mi parve un delitto rapirgli quegli ultimi e solenni momenti che poteva passare ancora presso il figlio che la morte gli rapiva. Partii addolorato profondamente.

Tutta la notte non potei dormire. Sembravami di sentire al mio capezzale il rantolo di quel moribondo, e di vedermi dinanzi agli occhi quello sguardo e quel sorriso nuotanti nell'agonia.

Il giorno dopo, di buon mattino, ritornai ad Aci Sant'Antonio.

Sulla strada di Valverde incontrai il contadino che mi avea recato la lettera di Enrico il giorno innanzi. Lessi tutta la verità nell'occhiata che egli mi volse, e l'interrogai col solo sguardo. «All'alba!» mi rispose

levandosi il cappello e segnandosi.
Ordinai al cocchiere di tornare indietro; mi buttai in fondo alla carrozza, e piansi.